喚醒你的英文語感！

Get a Feel for English !

喚醒你的英文語感！

Get a Feel for English !

會計財報 企業經營

金融理財 業務行銷

財務英文

增篇加值版

前進全球頂尖企業必備，你不可或缺的商場利器！

◎ 收錄IFRSs國際財務報導準則範本

高點 財管投資名師 **張永霖**
【專‧業‧推‧薦】

作 者 小林薰、
伊藤達夫、山本貫啟

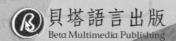
貝塔語言出版
Beta Multimedia Publishing

高點 美語系列

【前言】世界共通的商務語言

　　本書的目標，是要讓讀者能以流利的英語說明公司營運狀況至會計結算等資訊。

　　時至今日，企業的全球化速度仍持續加劇，包括進攻海外市場、工廠外移、雇用外籍員工等。此外，在企業會計方面，導入 IFRSs（國際財務報導準則）之企業也愈來愈多。這使得原本與國際會計或英文會計結算表無緣的商務人士，也開始必須要在商務環境中熟悉以英語說明自家公司相關的數字資訊。

　　本書強而有力的撰稿團隊包括：長年任職於國際企業，並同時擁有海外分公司經理及稽核經驗的資深商務人士伊藤達夫先生和擁有執業會計師和稅務會計師執照，且具備優秀實務英語能力而任教於大學的山本貴啓先生。因此本書除了可讓讀者們徹底掌握「數值化」、「計量化」之英語表達基礎外，更能透過各種練習題的解答，自然而然地記住適用於商務環境的各種豐富陳述方式。

　　筆者相信不僅是本國企業人士，舉凡在外商公司工作的人、將來想活躍於國際商界的人，甚至是欲取得美國 CPA 資格而打算參加考試的人，或欲取得 MBA 學歷的所有讀者們，都能從本書獲得不少助益。在此誠摯希望各位讀者能活用本書，向全世界宣告您公司的傲人之處。

　　　　　　　　　　　　　　　　　　　　　　　　　小林 薫

使用 ▶ ◀ 說明

① 架構 ✏

　　本書由「序章 英語的基本數量表達」、「第 1 章 描述公司歷史、概況的數字」、「第 2 章 說明公司業務內容的數字」、「第 3 章 說明公司業績、財務的數字」，以及「加值篇 金融市場與總體經濟」等五大部分構成。內容難度將隨章節稍微提升，故請確實理解之後再依序閱讀下一章節。各章學習目標如下：

序章 ——說明基數、序數、單位等的基礎表達方式及數字標記時之注意事項，主要在學習與數量有關、非記不可，且為基礎中之基礎的英語用法。

第 1 章 ——學習公司之設立、股份移轉、股東組成、分支機構數量、員工人數變化等介紹公司 Corporate Profile 相關內容時所需之數量表達。

第 2 章 ——依據公司的部門別，來分別學習生產製造、業務行銷等各單位常用的數量表達方式。

第 3 章 ——從「企業業績」、「會計財務」、「股票與債券」及「稅務」這四個角度來學習描述公司經營狀態時常用的數量表達。另外還包括用於借貸對照表、損益計算表等結算報告的表達方式。

加值篇 ——本次增訂版特邀財金名師張永霖老師執筆「加值篇」，針對金融市場與經濟概況提供鞭辟入裡的觀念釐清和必備英文術語，側重整體性面向之建構。

書末再附上台積電年度財務報表範例（符合 IFRSs 準則），以供做為最後的學習總結。

❷ 學習步驟

第 1 章至第 3 章內容均採取一主題、一跨頁之形式，構成如下的學習步驟。

■ 例句──各主題皆列出 2 ～ 3 個重要句型與對應例句。
如：
〔重要句型〕
1. Start business with capitalization of ... 創業時有……的資本額
〔重要句型之對應例句〕
在京都，我們在 1950 年創業時有 2,000 萬日圓的資本額和 50 個員工。
In Kyoto, we **started business** in 1950 **with capitalization of** JPY 20,000,000 and 50 employees.

各主題皆以粗體字標示出關鍵的英語表達部分，這些都是常用單字、片語，請務必牢記。然後再閱讀例句，以了解這些表達方式該如何實際應用在句子中，好讓自己也能真正加以運用。

♠ 解說與延伸
包含了文法面的說明、語句意義，或是替代、類似表達方式的解說。另外還補充使用時的注意事項，可做為自己造句時的參考。（部分句型、例句未附解說與延伸說明）

關鍵詞彙

列舉一些除了例句外，與該主題相關的其他詞句。可擴充詞彙量，以便能用更多不同的方式進行表達。（有些主題不包括此項目）

財務知識 check!

包含例句用詞解說，以及與該主題有關的背景知識。在增加英語詞彙的同時，也能增加與該主題相關的商業知識。（有些主題不包括此項目）

Exercises   Answers

- **Exercises** 是應用左頁所學習之內容，練習自行完成 2 ～ 3 個句子。這些練習題包括「填空」與「排列組合 & 補足詞彙」共兩種。而透過這些練習，讀者便能牢牢記住剛剛學到的內容。
- **Answers** 則會以有色文字標示出解答部分。而「排列組合類問題」中的補足詞彙會加上底線。另外，較難的詞句還會用 **Notes** 加註翻譯或補充簡短的說明。

Useful Expressions

請在空格中填入自己公司的數值資料，以完成介紹句。此處所列的句子都極為常用，若能熟記，日後將可帶來相當大的便利。在須介紹公司概況、營業績效，甚至是會計結算等交雜了諸多數值資訊的情況下，這些例句也都非常有用。（有些主題不包括此項目）

　　除了上述的學習步驟外，各章開頭處還提供 Introduction & Pre Test，而結尾處也都有 Review。透過 Introduction & Pre Test，讀者能先掌握該章學習內容，在確認自己的先備知識程度後，再進入正式的學習程序。而學習結束後，則可利用 Review 來檢驗學習成果，並複習較不擅長的部分。

　　另外，本書也收錄了有助於實務應用的「商業現場」及「Business & Financial Tips」兩種專欄。

＊＊＊＊＊＊＊＊＊＊＊＊ 註記說明 ＊＊＊＊＊＊＊＊＊＊＊＊

本書英文內容中，各記號的意義分別如下：

（　） 可省略

〔　〕 可替換

／　　 同等的表達方式

CONTENTS 目錄

加值篇｜金融市場與總體經濟

附　錄

序章

英語的基本數量表達

商務上的數值表達要點

先從 10 題小測驗開始

　　仔細想想，其實我們在現實生活中每天都被許許多多的數字包圍著。尤其是與公司、企業活動相關，或在這些地方進行的商務生活與表達敘述，一旦少了數字 (number)，就會變得言之無物。

　　然而，即使是熟知商務內容及關鍵字詞的人，若突然要用英文來表達數字，也會有些不知所措。因此，我們接著就來進行與公司事務關係密切的 10 題測驗，先好好診斷一下你的英語「數字表達力」。

測驗

① 第二會計季度
② 2020 會計年度
③ 平均來客銷售額 3,000 元
④ 10 年期公債
⑤ 增長三倍
⑥ 連續兩年
⑦ 70% 的住房率
⑧ 四捨五入
⑨ 24 小時營業
⑩ 10 億日圓的稅前盈餘

答案 ✏️

① the second [2nd] quarter

② fiscal year [FY] 2020

③ NT3,000 sales per customer

④ 10-year government bond

⑤ threefold increase

⑥ two consecutive years

⑦ 70 percent occupancy rate

⑧ round off [round out] to the nearest whole number

⑨ round-the-clock 或 24-hour operation

⑩ ¥1 billion pre-tax profit

　　結果你答對了幾題？答對 7 題以上的人，就算是對商務數值相當熟練的人了。

　　若是答對 4～6 題，那最好能再多學一點；而若是答對 3 題以下者，則請務必努力提升你的數字表達力。只要認真讀完本書，你一定有機會獲得幾近 10 題全對的實力！

數字與單位的趣味小知識

在進入數字表達的基礎說明前，讓我們先來談談在英語世界中，尤其是與商業相關的各種數字 (number) 故事，以及其中的趣味與奧秘。首先是與 0～4 各數字有關的小知識。

0

零是商務上常用的數值之一，舉凡 zero growth（零成長）、收益與損失相加總後是零的 zero-sum game（零和遊戲），還有 zero defects（零缺陷、零事故）…等等，都是大家耳熟能詳的詞彙。

另外，zero-base(d)（零基）是指「支出等項目在費用及必要性方面，都從白紙狀態開始檢討。亦即零基的」。而 zero hour 則是指「預定時刻」，但也有緊急關頭、決定性時刻之意。

1

No.1 具有「第一名的、一流的、最高級的」等含意。在俗語中，No.1 可為「小便」、「小號」之意。而 No.2 用在企業上，有「實力堅強的第二名、居次者」的意思。此外，No.2 在美國可指「大便」、「大號」。

至於 one-shot，則有「一次完成〔有效〕」、「僅限一次的」、「單發的」等意義。

2

cut it into two 就是「分成兩半」的意思。

It takes two to tango. 則是指探戈一定要有兩個人才能跳，故代表了「雙方都有責任、一個巴掌拍不響」之意。

稍難一點的 two-valued orientation（二元價值取向）代表「非黑即白」，

以明確劃分事物的 dichotomy（二分法）做判斷，是西歐發展出的一種論證技巧，經常用於與敵手「談判」時。

by twos and threes 剛好等於中文的「三三兩兩」。而 two to one 同 ten to one，為「十有八九」之意。

3

因危機處理而受到重視，亦即遇災害時依優先順位 (priority) 來分類病患或商品的「三向度 (triage)」危機評估方式，本來也是從 three 或字首 tri- 變化而來的字。

另外，3D 指三度空間的形狀、立體效果等，為 three-dimension 的縮寫。three-piece 則是指「三個一組的」、「三樣一套的」，或是「男性的三件式西裝」（jacket、trousers、vest）。

4

因 SARS〔Severe Acute Respiratory Syndrome「嚴重急性呼吸道症候群」〕而聞名的 quarantine（隔離檢疫）一詞，其實源自義大利語的 forty，因為發生傳染病時須隔離 40 天。

four corners 指「四角」、「全部領域」、「所有範圍」之意。而 four freedoms 則是指 F.D. Roosevelt（小羅斯福）於 1941 年提出的「freedom of speech and expressions, freedom of worship, freedom from want, freedom from fear」（言論和發表意見的自由、信仰的自由、免於匱乏的自由、免於恐懼的自由）四大自由宣言。

此外，要測量 (measurement) 數字 (number) 及數量 (quantity)，就一定要有單位 (unit)。中國的測量單位「尺」原指手的寬度，而英國的 foot（英尺）源自於腳、inch（英寸）源自於拇指寬度，測量液體的單位 barrel（桶）則來自酒桶。若能同時了解這些蘊生於人類歷史的因果來由，你一定能自然而然地對接下來的數字表達方式產生更多興趣。

3 基本的數值表達

在 Webster 大辭典中查閱 number 一詞，首先會看到 an arithmetical total（算術的總和）或 sum of the units involved（相關單位的總和）等枯燥平淡的定義，但在此為了對商務數字的表示方式能有最低限度之必要理解，我們必須先複習一下以前在學校（多半是用中文）學的基礎算術、數學，並改以英語表達。

不過以下所說明的，都只是最基本原則，有些寫法日後可能會更改，在非正式情況下也可能採用不同寫法，這點還請讀者們見諒。

 基數、序數、小數、分數

⬭ 基數（Cardinal numbers）

所謂的基數，就是 1、2、3……這樣表示物品個數的數字，數起來就是 one、two、three ...。原則上，1 ～ 9 之間的數字會像 one、two ...、five、six ...、nine 這樣 spell out 拼出字。

可是使用〔基數＋單位〕時，1 位數 (digit) 的數字是不拼出字來的，而會直接用 2m、9kg 這樣的數字來表示。

此外，使用〔基數＋名詞〕時，則和只用基數時一樣，1 ～ 9 會完整拼出字來，例如 three products。至於 2 位數以上的數字，便會採取 10,000 workers 這樣的表示方式。

在較大的數值方面，請特別注意 billion 一字。billion 在舊的英式英語中指「兆」，但在現今美式英語中則統一代表 10 億。這對採取萬、億、兆等每 4 位數進一級的台灣人來說相當不好記憶，故請特別小心。

⬭ 序數（Ordinal numbers）

這是代表順序的數字，除了第 1、2、3 (First = 1st、Second = 2nd、Third = 3rd) 之外，其餘都是在最後面加上 -th。而詢問排序順位時，可用 what number、what place、what rank，另外第一個和最後一個則可用 the first / the last 來表達。

ordinal 是從 order（順序）變化而來的單字。同樣起源於 order 的還有 ordinary，但其意為「平常的」，ordinary differential equation 則是指「常微分方程式」。

◯ 小數（Decimal fractions）

整數是 whole number，小數點是 decimal point、小數部分則說成 fractional part。而在讀出包含小數點的數值時，小數點可讀成 and 或 point。

另外 decimal 指「十進位的」，fraction 則是「分數」，其原意為「片段」。

◯ 分數（Fractions）

英語中分數的讀法，是先以基數方式唸出分子，接著以序數方式唸出分母，例如 2/3 說成 two-thirds。帶分數如 8 又 1/6 則讀成 eight and one-sixth。另外，1/2 說成 half of。

fractional 是指「分數的」，在證券業界則指「零股」，而 fractional expression 是指「分數式」。

◯ 加減乘除

① 加法 (addition)，例如 5＋4＝9 就說成 Five plus four is nine. / Five and four makes [is / equals] nine.。

② 減法 (subtraction)，例如 9－4＝5 就說成 Nine minus four is five。另外，表示扣除可用 subtract / take away 等動詞，說成 Subtract ＄10,000 expenses from sales of ＄50,000 ...。

③ 乘法 (multiplication)，例如 5×10＝50 說成 Five times 10 makes fifty. / Five multiplied by 10 is 50.。

④ 除法 (division)，例如 20÷5 = 4 說成 Twenty divided by five is four.。

其他

① 奇數是 odd numbers，偶數是 even numbers，倍數是 multiples，因數則是 factors。

② 電腦所用的二進位制稱為 the binary system，十進位制則是 the decimal system。

③ common 是「共通的、公共的」之意，如 common divisor 便是指「公約數」。

④ complex 是「複數的」之意，而 complex fraction 是指「繁分數」。另外 proper fraction 是「真分數」，improper fraction 就是「假分數」。

例 **Computers use the binary system.**
電腦採用二進位制。

 2 各種數量的表達與換算方式

請參考以下 METRIC CONVERSIONS TABLE 部分所列出之公制及盎格魯撒克遜碼磅制（在現今世上雖屬少數，但依舊根深蒂固地存在）間的換算 (conversion)，以便在需要時以心算方式概略算出所需單位值。

METRIC CONVERSIONS ※ The following conversions are approximate.

• **Length and Distance**（長度和距離）

To change	Into	Multiply by
inches	millimeters	25.4
feet	centimeters	30.5
yards	meters	0.9
miles	kilometers	1.6
millimeters	inches	0.04

centimeters	feet	0.03
meters	yards	1.1
kilometers	miles	0.62

• Volume（體積）

To change	Into	Multiply by
ounces	milliliters	30
pints	liters	0.47
quarts	liters	0.95
gallons	liters	3.8
milliliters	fluid ounces	0.034
liters	pints	2.1
liters	quarts	1.05
liters	gallons	0.26

• Weight（重量）

To change	Into	Multiply by
ounces	grams	28
pounds	kilograms	0.45
grams	ounces	0.036
kilograms	pounds	2.2

• Area（面積）

To change	Into	Multiply by
square inches	square centimeters	6.5
square feet	square meters	0.093
square yards	square meters	0.84
acres	hectares	0.4
square miles	square kilometers	2.6
square centimeters	square inches	0.154

square meters	square feet	10.75
square meters	square yards	1.2
hectares	acres	2.5
square kilometers	square miles	0.38

• Temperature（溫度）

To change	Into	
°C (degrees Celsius/Centigrade)	°F	Multiply by 1.8 then add 32
°F (degrees Fahrenheit)	°C	Subtract 32, then multiply by 0.556

◯ 快速換算表

- 1 mile ≒ 1.6 km（大約多 6 成）
- 1 yard ≒ 90 cm（幾乎相同）
- 1 meter ≒ 3.3 feet（大約 3 倍）
- 1 pound ≒ 0.45 kg（大約一半）
- °F = °C × 9/5 + 32（大約減 30 再除以 2）
- 1 gallon ≒ 3.8 liter（大約 4 倍）
- 1㎡ ≒ 10ft²（大約 10 倍）

　　以上都是最常用的基本換算，最好能記住以便隨時心算出來。而下面這些與數量單位有關的表達也請一併熟記。

- 長度用 length，例如：a length of 5m、5m in length、5m long（長 5 公尺）
- 寬度與深度用 width、depth，例如：5m wide by 4m deep（寬 5 米，深 4 米）
- 直徑與半徑分別用 in diameter、a radius of，例如：3m in diameter（直徑 3 公尺）、a radius of 2m（半徑 2 公尺）
- 高度用 high、in height，例如：3m high（3 公尺高）
- 厚薄用 thick 或 thickness，例如：5mm thick（5 公釐厚）
- 容積（capacity），例如：10 liter（10 公升）
- 重量（weight），例如：weighs 50kg（重 50 公斤）

❸ 業績的比較、增減、比率 ✏

　　商業數字最重要的部分在於：增加了多少又減少了多少、相較之下如何、所占百分比或比率約多少…等等動態性的數值掌握。故在此，讓我們一起看看這方面有哪些基本的表達方式。

◗ 增減

　　依據狀況不同，增加有 go up、increase、grow、add、develop、enlarge、expand、swell、broaden、spread、lengthen、multiply、intensify、rise ... 等等各式各樣的動詞可用。另外還有名詞 increase、growth、expansion 等。

　　而減少則可使用 decrease、decline、fall、lessen、go down、drop off、shrink、contract、taper off、slacken、reduce、shorten、lower、cut、curtail ... 等動詞。名詞則有 decrease、decline、reduction 等。

> 例 **Increase in the cost of living is a serious problem.**
> 生活成本的增加是個嚴重問題。

◗ 比較

　　可用 compare、bear comparison with、contrast、match、parallel、compete with or against、be equal to、be equivalent to 等詞彙。

> 例 **Our products compare favorably with those of our competitors.**
> 本公司產品與其他競爭對手相比，可說是毫不遜色。

◗ 百分比、比率

　　各種相關詞彙包括 rate、ratio、proportion、scale、level、percent、rank、grade、class、worth、amount ... 等等。

> 例 **The proportion of the union members to the total employees is 40 percent.** 工會成員占全體員工總數的 40%。

◯ 變更、修改、修正

有 change、alter、revise、update、modify、convert、adapt、transform、exchange、interchange、switch、swap、substitute ... 等詞彙可用。

例 **This data was revised in 2011.**
此資料於 2011 年做了修改。

◯ 回復、好轉

包 括 recover、regain、win back、rescue、retake、restore、get well、improve、revive、take a turn for the better、get over、overcome、survive、surpass、get better、excel、outdo、beat、advance、enhance、promote ... 等等各種表達方式。

例 **Fortunately, our performance recovered.**
幸好本公司的業績回復了。

◯ 惡化

可用 worsen、become worse、get worse、exacerbate、aggravate、weaken、deteriorate、decline、degenerate、decay、slip、sink、slide、fail、take a turn for the worse、go from bad to worse、downhill ... 等等。

例 **The economy is still getting worse.**
經濟狀況仍舊持續惡化。

◯ 獲利 / 虧損

〈獲利〉

這 方 面 的 常 用 詞 彙 包 括 in the black、yielding profit、profitable、productive、gainful、cost-effective、moneymaking、rewarding、juicy、lucrative ... 等等。

例 **The sales went into the black.**
銷售獲得利潤。

〈虧損〉

包括 in the red、losing、unprofitable、defeated、ruined、failing、collapse、breakdown、erode ... 等說法。

例 **The foreign operations got out the red.**
海外業務脫離了虧損。

◯ 支出

可以使用 expense、expenditure、price、payment charge、outlay ... 等詞彙。

例 **Our CEO told us to keep our expenses as low as possible.**
我們的執行長告訴我們要盡量節省開支。

 4 與時間有關的表達方式

在商業上，時間是貴重的資源 (valuable resource)，而且所有競爭也都是以時間為重要軸心來進行 (time-based competition)。甚至光時間的節約 (save) 還不夠，連時間的耗費 (consume) 方式也成了商業上需要斤斤計較的關鍵之一。

而以往有所謂 Time flies like an arrow. 的說法，現在更是 Time flies like a jet or at the speed of light. 的時代，一切都加速 (accelerate) 進行著。

◯ 與「快」有關的表達方式

〈形容詞、副詞〉

包括 quick、rapid、fast、speedy、swift、express、high-speed、instantaneously、prompt、hurried ... 等等。

例 **We must finish it in quick motion.**
我們必須快速完成。

〈動詞〉

包括 quicken、accelerate、hasten、speed up、expedite、hurry、rush ... 等等。

例 **Inflation has accelerated recently.**
通貨膨脹的速度最近加快了。

◯ 與「慢」有關的表達方式

〈形容詞、副詞〉

包括 slow、lagging、sluggish、unhurried、tortoise-like、crawling、slow-pace、slack、lackluster ... 等等。

例 **The market recovery is very slow.**
市場的復甦非常緩慢。

〈動詞〉

包括 delay、procrastinate、postpone、deter、put off、suspend、table、hinder、impede、wait、drag、hesitate ... 等等。

例 **The storm delayed our starting for a week.**
暴風雨使得我們必須延後一週出發。

◯ 商業環境中的各種時間表達

這方面以人事管理，亦即 HRM (Human Resource Management) = Personnel Management 相關的表達為主。

工作時間：朝九晚五，一天 8 小時	working hours: from nine to five, 8 hours a day
三班制	three-shift (working schedule)
60 歲退休	retirement (age) at 60/ at the age of 60
加班費為原時薪的 1.5 倍。	Overtime payment is time and a half.

兩週的特休假 / 帶薪休假	two-week paid vacation
50 小時的無償加班	unpaid overtime for 50 hours
全面加薪 1%	across-the-board pay increase of 1 percent
年終獎金平均四個月	average annual bonus of four months pay
退休金相當於三年薪資	retirement allowance equivalent to three years' salary
約 2% 的薪資為工會會費	union dues of about 2 percent of salary

第 1 章

描述公司歷史、概況的數字

公司的歷史、概況

第 1 章的主要目標，是要將公司之設立、從上市至今為止的概況 (outline 或 profile) 及歷史 (history) 等，以各種角度透過數字來加以描述。

首先由公司的創立時間開始介紹，例如：

The forerunner of the company was founded by these two pioneers in 1907.

本公司的前身，是由這兩位先驅於 1907 年創立。

就像這樣，而其中的 found 也可改用 started 或 established 表達。之後更可從營業數據或股價變化來探討公司發展及所面臨之危機，甚至可觸及業績起落和業務內容變遷等部分。

另外也可談到關於企業組織之移轉變化、子公司的設立、合併與收購 (M&A) ，還有分割 (split-off/spin-off) 等等。而關於公司的國際化轉型變遷方面，也可利用如下的例句來陳述。

Currently, our six overseas subsidiaries are in China, Singapore, Europe and USA.

目前，我們的六家子公司分別位於中國、新加坡、歐洲和美國各地。

在本章中還會提到技術輸出程度、進入中國市場及生產據點移往海外等話題，連環境問題與工廠營運的相關表達也都能學得到。

至於最後的 Review 部分，會從報紙雜誌所刊載的真實公司概況報導，或日本主要企業之公司概況報告來出題，以便讀者進一步豐富已學習到的各種表達方式。

請以自家公司為中心應用這些表達方式，輕鬆自在地盡情發揮各種句型，讓這些都真正內化為你的英語表達力吧。

Pre Test

在正式開始學習前，我們先來測試一下你對本章主題相關詞組及表達方式的理解程度如何。

1. 請寫出以下詞組所代表的意義。

- [ ] （1）　big shareholder　　　　　　（　　　　　　　　　　）
- [ ] （2）　capital fund　　　　　　　　（　　　　　　　　　　）
- [ ] （3）　representative board member（　　　　　　　　　　）
- [ ] （4）　statutory auditor　　　　　　（　　　　　　　　　　）
- [ ] （5）　business results　　　　　　（　　　　　　　　　　）
- [ ] （6）　store opening hours　　　　（　　　　　　　　　　）
- [ ] （7）　restructuring　　　　　　　　（　　　　　　　　　　）
- [ ] （8）　associated company　　　　（　　　　　　　　　　）
- [ ] （9）　alliance　　　　　　　　　　（　　　　　　　　　　）
- [ ] （10）spin-off　　　　　　　　　　（　　　　　　　　　　）
- [ ] （11）tender offer　　　　　　　　（　　　　　　　　　　）
- [ ] （12）internationalization　　　　　（　　　　　　　　　　）
- [ ] （13）leading-edge technology　　（　　　　　　　　　　）
- [ ] （14）production facilities　　　　（　　　　　　　　　　）
- [ ] （15）environment-friendly products（　　　　　　　　　　）

2. 請從（a）～（e）選出下列詞組所代表的正確意義。

- [ ] （1）　CFO　　　　　　　　　　　（　　　　　　　　）
- [ ] （2）　joint-venture　　　　　　　（　　　　　　　　）
- [ ] （3）　M&A　　　　　　　　　　　（　　　　　　　　）
- [ ] （4）　OEM　　　　　　　　　　　（　　　　　　　　）
- [ ] （5）　operating income margin　（　　　　　　　　）

（a）相對於銷售額的獲利比率
（b）企業之間的收購、合併
（c）接受委託，替對方的品牌提供成品、零件等
（d）主要指國際間共同出資經營的合資企業
（e）為董事職務之一，是財務管理方面的最高負責人

🔓 解答

1. （1）大股東（2）資本（3）董事長（4）法定監察人（5）企業業績（6）營業時間（7）重組（8）關聯企業（9）聯盟（10）分割（11）要約收購（12）國際化（13）尖端技術（14）生產線（15）環保產品

2. （1）**e**（財務長）（2）**d**（合資企業）（3）**b**（合併與收購）（4）**c**（委託代工）（5）**a**（營業利益率）

公司的設立

1. Start business with capitalization of ...
創業時有……的資本額

> 在京都，我們在 1950 年創業時有 2,000 萬日圓的資本額和 50 個員工。
>
> In Kyoto, we **started business** in 1950 **with capitalization of** JPY 20 million and 50 employees.

2. Big shareholder 大股東

> A、B、C 是大股東，他們持有發行股數的八成。
>
> The **big shareholders** were A, B and C and they owned 80 percent of the stocks issued.

3. Listed on ... 掛牌上市

> 我們是在東京證交所上市。
>
> We **are listed on** the Tokyo Stock Exchange.

♠ 解說與延伸

1. 此句也可用 ... JPY 20 million in assets 這種句型來表達，但一般多半採取資本金的講法。 JPY 就是 Japanese yen，亦即日圓。另外 assets 以「財產、資產」之意使用時，通常都採複數形。 而 be capitalized at ＋金額的說法也能表達「以～的資本設立公司」之意。

2. 「大股東」也說成 major/large shareholder。而股東在美式英語中用 stockholder，在英式英語 裡主要用 shareholder。另外擁有全部股份時則可說成 100 percent or wholly/fully owned。

3. 上市公司說成 listed/quoted company。

🔑 關鍵詞彙

• **capital fund**	資本 ＝ capital stock / stock capitalization
• **capital authorized**	法定資本額
• **capital employed**	實收資本額
• **incorporate**	設立公司 ＝ found（單指創立）
	也可用 establish、institute、set up、float、launch 等其他說法。
• **delisting**	停牌下市 ＝ withdrawal from listing

Exercises

請依照中文語意，於空格中填入適當詞彙以完成英文句子。

① 我們在創立電腦相關事業時有 1 億日圓的資本額和 100 個員工。

We were (　　　) at JPY (　　　) million with (　　　) (　　　) and
(　　　) as a (　　　) business.

② 這家公司是由總經理完全持有。

This company is wholly (　　　) (　　　) (　　　) (　　　).

③ 在大阪證交所上市的公司股票下跌了 5% 以上。

The price of company's stock (　　　) on the (　　　) (　　　) (　　　)
dropped over 5 percent.

Answers

① We were (**capitalized**) at JPY (**100**) million with (**100**) (**employees**) and (**started**) as a (**computer-related**) business.

　　Notes computer-related　電腦相關的

② This company is wholly (**owned**) (**by**) (**the**) (**president**).

③ The price of company's stock (**listed**) on the (**Osaka**) (**Stock**) (**Exchange**) dropped over 5 percent.

Useful Expressions

請在（　　　）中填入自己公司的數值資料，以完成介紹句。

在（　　　地名），我們在（　　　年）創業時有（　　　元）的資本額和（　　　個）
員工。

In (　　　　　), we started business in (　　　　　) with the capitalization of
(NT　　　) and (　　　　　) employees.

2 董事結構

1. Representative board members and ordinary board members　董事長和董事

我們有兩位董事長和 10 位董事，加上兩位法定監察人。

We have two **representative board members** and 10 **ordinary board members**, plus two statutory auditors.

2. Corporate officers　公司高層

我們的公司高層包括總經理和執行長、兩位執行副總，以及三位資深副總。

Our **corporate officers** consist of president and chief executive officer, two executive vice presidents, and three senior vice presidents.

♠ 解說與延伸

1. 日本的「董事長」稱為 representative director，會長是 chairman，副總經理是 vice president，總經理為 president 但有時也用 CEO（Chief Executive Officer），故最好一併記起來。

2. 依公司類型不同，常常還會有「執行〔資深〕副總」等職務存在。而以往「常務董事／總經理」也常用 managing director 來表達，不過這在英國系統中往往是指總經理一職，請特別注意了。

 關鍵詞彙

- **elect a director**　選任董事
- **remove a director**　解任董事
- **directors' term of office**　董事任期
- **board meeting**　董事會議

🔍 財務知識 check!

director（董事）

在美國，一般的 vice president 通常指總部的普通董事等級，也經常用來指稱人事、行銷等部門的最高主管。而最近在美式管理中，除了 CEO 外，也出現其他許多如業務執行的最高負責人「營運長」COO (Chief Operating Officer)、財務管理方面的最高負責人「財務長」CFO (Chief Financial Officer)，以及資訊管理方面的最高負責人「資訊長」CIO (Chief Information Officer) 等職銜。另

34

外還有知識管理的最高負責人 CKO (Chief Knowledge Officer) 和學習、進修方面的最高負責人 CLO (Chief Learning Officer) 等，也都是近來常見的 acronym（首字母縮寫字）。

✐ Exercises

請依照中文語意，於空格中填入適當詞彙以完成英文句子。

① A 先生上個月當選了董事長一職。

Mr. A was elected the office of (　　　) (　　　) last month.

② 根據公司章程，董事會通常每三個月開一次。

According to the company's articles of incorporation, a (　　　) (　　　) is usually (　　　) (　　　) three months.

③ 我們有會長和總經理、兩位執行副總、兩位資深副總。

We have a (　　　) and (　　　), two (　　　) (　　　) (　　　), and two (　　　) (　　　) (　　　).

🔓 Answers

① Mr. A was elected the office of (**representative**) (**director**) last month.

② According to the company's articles of incorporation, a (**board**) (**meeting**) is usually (**held**) (**every**) three months.

　Notes articles of incorporation　公司章程

③ We have a (**chairman**) and (**president**), two (**executive**) (**vice**) (**presidents**), and two (**senior**) (**vice**) (**presidents**).

Useful Expressions

請在（　　）中填入自己公司的數值資料，以完成介紹句。

我們的董事會裡有（　位）董事，但是並沒有外部董事；他們全都是內部董事。

We have (　　　) directors on the board, but there are no outside directors; they are all inside directors.

企業業績（1）

1. ... helped us achieve a X percent sales increase compared with last year

跟去年比起來，……協助我們的營業額成長了 X%

> 跟去年比起來，今年日圓貶值的正面影響幫助我們的營業額成長了 3.6%。
>
> The positive impact of a depreciating yen **helped us achieve** a 3.6 **percent sales increase** this year, **compared with last year**.

2. Increased by X percent or Y, to Z 增加了 X%，也就是 Y，而來到 Z

> 跟前一年比起來，本會計年度的銷售與管理費用增加了 8.0%，也就是 1298 億日圓，來到 1 兆 7429 億日圓。
>
> Compared with the previous year, selling, general and administrative expenses for the fiscal year **increased by** 8.0 **percent**, **or** JPY 129.8 billion, **to** JPY 1742.9 billion.

↟ 解說與延伸

1. 除了上述用法外，「因〜的影響」還可用 due to ...、with ... 或 reflecting 等來表達。而 compared with ... 常用於表達比較、相對情況的句子中。

2. 「業績」可用 (business) result 或 contribution、performance 等詞彙來表達。而「提升業績」則可說成 make a better showing。

關鍵詞彙

- **dollar sales**　　　　　美元營業額
- **operating income margin**　營業利益率
- **achieve remarkable results**　達到亮眼的成績

🔍 財務知識 check!

operating income margin（營業利益率）

營業利益率是指相對於銷售額的獲利比率。由營業利益率可看出營業活動到底獲得了多少收益。而即使銷售額很高，若營業利益率低，就表示獲利能力（profitability）較低。

Exercises

請將下列英文句子（　）內的部份做適當的「排列組合」，並在缺字的地方「補足詞彙」。

① 跟前一年比起來，我們在本會計年度的營業額增加了 5.5%，反映出半導體銷量的迅速成長。

Our sales for the fiscal year (of　the　5.5　increased　compared　previous　those　percent　year), reflecting rapid growth in semiconductors sales.

② 在前一個會計年度，我們有辦法達到亮眼的成績。

We could (the　achieve　year　fiscal　in　previous　results).

③ 跟前一期比起來，本期的管理費用減少了 10%。

(term　and　expenses　this　decreased　general　for) by 10 percent compared with the previous term.

Answers

解答中畫線的部份是補足詞彙。

① Our sales for the fiscal year (**increased 5.5 percent compared <u>with</u> those of the previous year**), reflecting rapid growth in semiconductors sales.

② We could (**achieve <u>remarkable</u> results in the previous fiscal year**).

③ (**General and <u>administrative</u> expenses for this term decreased**) by 10 percent compared with the previous term.

Useful Expressions

請在（　　　）中填入自己公司的數值資料，以完成介紹句。

跟前一年比起來，本會計年度的銷售與管理費用增加〔減少〕了（　　　台幣），也就是（　　%），而來到（　　　台幣）。

Compared with the previous year, selling, general and administrative expenses for the fiscal year increased [decreased] by (NT　　　　　　), or (　　percent), to (NT　　　　).

4 企業業績（2）

1. Achieved a record X, Y more than the previous record of Z set last year
達到了 X 的紀錄，比去年所創下的前紀錄 Z 多了 Y

> 我們達到了開設 73 家店的新紀錄，比去年所創下的前紀錄 67 家店多了 6 家。
>
> We **achieved a new record** of 73 store openings, 6 **more than the previous record of** 67 stores **set last year**.

2. Post a loss of ... despite a sales increase
儘管營業額增加，仍出現……的虧損

> 由於我們開了 50 家新店，儘管營業額增加了一成，仍出現了 400 萬日圓的虧損。
>
> Because we opened 50 new stores, we **posted a loss of** JPY 4 million **despite a sales increase** of 10 percent.

3. Achieve good business results　達到不錯的業績

> 多虧了日圓的升值，我們才能達到不錯的業績。
>
> We were able to **achieve good business results** thanks to the appreciation of the yen.

♠ 解說與延伸

1. 「達到～的紀錄」可用 reached a record，而口語上也可說成 hit a record。
2. 帳面上「出現虧損」除了 post a loss 外，也可用 record a loss。「營業額增加」也可說成 sales rise/increase，另外 despite ... 是「儘管～」之意，而 in spite of 也具同樣意思。
3. 「達到不錯的業績」除了 achieve good business results 這個說法外，也可用 make an excellent showing。而 appreciation of the yen 是「日圓升值」，「日圓貶值」為 depreciation of the yen。

☀ 關鍵詞彙

- **reach a record high**　達到新高紀錄
- **massive restructuring**　大規模重組
- **number of visitors/customers**　來客數
- **sales per customer**　平均來客銷售額

 **Exercises**

請依照中文語意，於空格中填入適當詞彙以完成英文句子。

① 我們達到了開設 250 家店的新高紀錄，比前一年增加了 20%。

We ( ) a ( ) ( ) of 250 ( ) ( ), an ( ) of 20
percent ( ) with the previous year.

② 遺憾的是，由於我們開了 20 家新店，儘管營業額增加了一成，仍出現了 2,000 萬日
圓的虧損。

Unfortunately, because we ( ) 20 ( ) stores, we ( )
( ) ( ) of JPY 20 million ( ) a sales increase of 10 percent.

③ 多虧了日圓的升值，我們才能出乎意料地表現出色。

Unexpectedly we could ( ) ( ) ( ) showing, thanks to the
( ) ( ) ( ) ( ).

Answers

① We (**reached**) a (**record**) (**high**) of 250 (**store**) (**openings**) , an (**increase**) of 20 percent (**compared**)
with the previous year.

② Unfortunately, because we (**opened**) 20 (**new**) stores, we (**posted**) (**a**) (**loss**) of JPY 20 million
(**despite**) a sales increase of 10 percent.

③ Unexpectedly we could (**make**) (**an**) (**excellent**) showing, thanks to the (**appreciation**) (**of**) (**the**)
(**yen**).

Notes unexpectedly 出乎意料地　thanks to ... 多虧……

Useful Expressions

請在（　　）中填入自己公司的數值資料，以完成介紹句。

我們很高興地宣布，拜大力削減成本的努力之賜，公司在本會計年度的獲利達
到了新高紀錄的（　　　台幣）。

We are glad to report that the company has achieved record-high profits of
(NT　　　　) this fiscal year, due to serious cost-cutting efforts.

5 關係企業、關聯企業、子公司

1. Hold ... associated company worldwide
持有世界各地關聯企業的……

我們持有世界各地 20 家關聯企業的股份。

We **hold** shares in twenty **associated companies worldwide**.

2. As a 50-50 joint venture
為股權各半的合資企業

我們在中國有三家合資企業，在新加坡有兩家。我們是其中四家公司的大股東，只有在中國成立的一家是股權各半的合資企業。

We have three joint ventures in China and two in Singapore. We are the majority shareholder in four companies, except the one in China that is set up **as a 50-50 joint venture**.

🔺 解說與延伸

1. 「關係企業」可說成 associated/related/affiliated company 或 subsidiary，但是有些可能持有股份，有些可能沒有。持有股份者通常用 subsidiary，未持股份者則各公司往往有不同的稱呼。

2. 「合資企業」說成 joint venture。而這裡 except the one 的 one 是指 one joint venture。

> 🔆 **關鍵詞彙**
>
> - **joint management** 　　　　　　　　　　　共同經營
> - **(strategic) alliance [partner]** 　　　　　　（策略）結盟〔夥伴〕
> - **take a stake in** 　　　　　　　　　　　　入股 ＝ acquire capital in
> - **enter into a joint venture (agreement)** 　　簽訂合資企業（協議）
> - **raise our stake in the joint venture by increasing our share to…**
>   提高我們在合資企業中的持股，使我們的股份增加到……

 財務知識 check!

joint venture（合資企業）
原指兩家以上公司共同出資經營的企業體，現在則主要指國際間聯合出資營運的合資企業。也可稱為 joint concern/corporation。而若只是合作經營，則通常說成 under joint management。

Exercises

請將下列英文句子 (　) 內的部份做適當的「排列組合」，並在缺字的地方「補足詞彙」。

① 我們在日本有五家關聯企業。

　We (Japan　companies　have　five　in) .

② 我們計畫要跟一家馬來西亞的公司成立股權各半的合資企業。

　We are planning to (up　venture　with　joint　set　a) a Malaysian company.

③ 我們在泰國的合資企業飯店與一家美國公司共同經營。

　(is　Thailand　our　under　joint-venture　hotel　in　joint) with an American company.

Answers

解答中畫線的部份是補足詞彙。

① We (**have five <u>associated</u> companies in Japan**) .

② We are planning to (**set up a <u>50-50</u> joint venture with**) a Malaysian company.

③ (**Our joint-venture hotel in Thailand is under joint <u>management</u>**) with an American company.

Useful Expressions

請在（　　）中填入自己公司的數值資料，以完成介紹句。

我們在海外經營了（　家）關聯企業，其中在中國有（　家）是股權各半的合資企業。

We operate (　　　) associated companies abroad, and (　　　) of them are 50-50 joint ventures in China.

6 收購、合併

1. Acquire ABC Inc. for ...　以……收購 ABC 公司

> 過去我們以 500 萬美元成功收購了兩家美國公司。
>
> In the past we succeeded in **acquiring** two American companies **for** US\$ 5 million.

2. With a tender offer of ... a share　以每股……公開收購

> 其中一家是以每股 25 美元的公開收購購入。
>
> One of them was purchased **with a tender offer of** US\$ 25 **a share**.

3. Divested by ...　被……切割出去

> 我們有一個績效不彰的部門被公司切割出去，並透過管理階層收購而成為獨立的企業體。
>
> One of the non-performing divisions **was divested by** our company and became a separate entity through management buyout.

↟ 解說與延伸

1. succeed in ... ing 可表達「成功地做～」之意。
2. 「公開收購」tender offer 可改用 TOB＝takeover bid，是指對目標企業的股東，提出每股願以某個固定金額購入之報價。
3. divest 是「將子公司切割出去賣掉」的意思。而 entity 是指另外獨立的個體，在此代表「獨立企業」。 至於 management buyout（＝MBO），則是指該事業體的經營團隊以借貸或自行出資的方式購入該事業體。

☀ 關鍵詞彙

• **separation**　分割＝spin-off / split-off / split-up

　* 請注意，依據資產分配方式不同，會有各式各樣不同的名稱。

 財務知識 **check!**

M&A（併購）

M&A 就是指 Merger（合併）and Acquisition（收購）。「大型併購」稱為 mega merger，merger terms 則是「合併條款」。不顧對方反對強行 takeover，就叫做 hostile takeover（惡意收購），而防範惡意收購的人或組織稱為 white knight（白衣騎士）。美國的公司買賣有點像不動產的買賣。

Exercises

請依照中文語意，於空格中填入適當詞彙以完成英文句子。

① 過去五年間，我們以合理的價格成功收購了三家小型的歐洲公司。

　 We have successfully (　　　) the three small (　　　) (　　　) at reasonable prices over the (　　　) five years.

② ABC 公司是以每股 35 美元成功公開收購的結果。

　 ABC Inc. was (　　　) as a result of a successful (　　　) (　　　) of US$ 35 (　　　) (　　　).

③ 這家新公司的誕生源自管理階層所收購 ABC 公司的一個部門。

　 This new company was born by a (　　　) (　　　) of a (　　　) of ABC Inc.

Answers

① We have successfully (**acquired**) the three small (**European**) (**companies**) at reasonable prices over the (**past**) five years.

　Notes reasonable price　合理的價格

② ABC Inc. was (**acquired**) as a result of a successful (**tender**) (**offer**) of US$ 35 (**a**) (**share**).

　Notes as a result of ...　是……的結果

③ This new company was born by a (**management**) (**buyout**) of a (**division**) of ABC Inc.

Useful Expressions

請在（　　　）中填入自己公司的數值資料，以完成介紹句。

我們以（　　美元）成功收購了（　家）公司。

We succeeded in acquiring (　　　　　) companies for (US$　　　　　).

1. Go public 公開上市

我們正認真考慮公開上市，以配合本身營運的快速國際化。

We are seriously considering **going public** in line with the accelerated internationalization of our operations.

2. Exceed ... 超越、凌駕

我們的出口量幾乎肯定會超越去年五萬台的紀錄。

It is almost definite that our exports will **exceed** last year's record of 50 thousand units.

3. Globalization 全球化

我們的全球化是以收購現有的海外公司為主軸。

Our **globalization** centers around acquiring existing overseas companies.

♠ 解說與延伸

1. 「國際化」除了 internationalization 外，還有 globalization、multinationalization 等說法。「拓展」也常用 expansion 或 acceleration。

2. it is almost definite that ... 是「幾乎肯定～」之意。而 exceed 是「超越～、超過～、優於～」之意，也可用 surpass 或 go beyond 來表達。

3. 「全球化」的動詞形為 globalize，另外 acquire 則指「收購」。

> 💡 關鍵詞彙

- **worldwide**　　　　　世界各地
- **overseas trade**　　　海外貿易
- **overseas operations**　海外營運 ＝ foreign operations / international operations

🔍 財務知識 check! ─────────────────────────

overseas operations（海外營運）

海外營運包含 FDI = Foreign Direct Investment（外國直接投資）及其他各式各樣的形式。 而所謂的 indirect [portfolio] investment，就是指證券投資之類，不進行 FDI 那種把資源投入當地以進行生產、販賣活動的方式。

✏️ Exercises

請將下列英文句子 ( ) 內的部份做適當的「排列組合」，並在缺字的地方「補足詞彙」。

① 我們計畫要公開上市，藉此拓展我們在世界各地的業務。

We are planning to (with　of　view　business　worldwide　expanding　go　a　the　our　toward).

② 我們的出口量幾乎確定會超越去年的五萬台。

It was almost certain that (last　our　will　year's　exports) 50 thousand units.

③ 我們的國際化是以收購美國公司為主軸。

Our internationalization (acquiring　around　American　companies).

🔓 Answers

解答中畫線的部份是補足詞彙。

① We are planning to (**go public with a view toward the expanding of our worldwide business**).

② It was almost certain that (**our exports will exceed last year's**) 50 thousand units.

　　Notes it is almost certain that ... 幾乎確定⋯⋯

③ Our internationalization (**centered around acquiring American companies**).

Useful Expressions

請在（　　）中填入自己公司的數值資料，以完成介紹句。

我們在（　　年代）透過積極併購海外公司而將公司營運邁入國際化。

We internationalized our operations through the aggressive M&A of overseas companies during the (　　　　).

1. Revenue from technology exports has reached ...
技術輸出營收達到了……

> 透過授權所賺進的技術輸出營收已達產品出口營收的十分之一。
>
> **Revenue from technology exports** through licensing **has** already **reached** one-tenth of that of product exports.

2. International technological competitiveness has improved
國際技術競爭力提高了

> 藉由非常積極研發計畫，我們的國際技術競爭力提高了不少。
>
> Our **international technological competitiveness has** greatly **improved** due to a very active R&D program.

♠ 解說與延伸

1. 這裡的 licensing 是指「技術授權」，以往也曾被稱為技術援助協議。而 product exports 就是「產品出口」。

2. due to ... 是「由於～、因為～」之意。而 R&D 是 Research and Development 的縮寫，意指「研究發展」，其中 Research 主要指基礎研究，Development 則指應用發展。另外「技術競爭力」為 competitiveness in technology，也可說成 technological advantage「技術優勢」。

關鍵詞彙

- **technological innovation**　　技術創新 = technological breakthrough
- **technological development**　　技術發展
- **high technology**　　高科技 = leading-edge technology

財務知識 check!

technology export（技術輸出）

以收取 royalty（權利金）等代價的方式，授予外國公司 patent（專利）或 knowhow（技術知識）等。

Exercises

請依照中文語意，於空格中填入適當詞彙以完成英文句子。

① 藉由我們新發明的系統，我們的技術輸出收入增加了不少。

The income from our (   ) (   ) has (   ) remarkably (   )
(   ) our newly invented system.

② 遺憾的是，我們在國際上的技術競爭力並沒有如期盼的那麼高。

Unfortunately, our (   ) (   ) on the (   ) (   ) is not as high
as we might wish.

③ 我們必須靠增加研發經費來強化國際技術競爭力。

We must (   ) our (   ) (   ) (   ) by increasing R&D
expenditures.

Answers

① The income from our (**technology**) (**exports**) has (**increased**) remarkably (**due**) (**to**) our newly invented system.

② Unfortunately, our (**technological**) (**competitiveness**) on the (**international**) (**scene**) is not as high as we might wish.

   Notes be not as ... as we might ...　並沒有我們所……的那麼……

③ We must (**strengthen**) our (**international**) (**technological**) (**competitiveness**) by increasing R&D expenditures.

Useful Expressions

請在 (   ) 中填入自己公司的數值資料，以完成介紹句。

我們的技術輸出營收將超越去年績效的 (%)。

The revenue from our technology exports will exceed last year's performance
by (percent) .

9 國外營運

1. Shift production facilities abroad [overseas]
把生產線移到海外

> 為了加速全球化，我們把生產線迅速移到了海外，尤其是中國。
>
> In view of accelerated globalization, we rapidly **shifted production facilities abroad**, particularly to China.

2. International sourcing
國際採購

> 日圓升值迫使我們要積極向國際採購零組件，目前零件委外製造的比例大約是 25%。
>
> Appreciation of the yen forced aggressive **international sourcing** of components, and the ratio of parts outsourced overseas is now approximately 25 percent.

↟ 解說與延伸

1. in view of ... 是「有鑑於〜」之意。而「生產線」一般用 production facilities 表示，但依據情況不同，有時也可用 plants 或 factories 替代，其中 facilities 指「廠區」，plants 和 factories 則為「工廠」之意。另外，「產能」則用 production capacity 表示。

2. 一般「採購」會用 sourcing 或 procurement 表達，outsourcing 則多半是指原本由公司自行於內部製造的東西，改為外包或委外製造。而 appreciation of yen 為「日圓升值」，另外也可用 stronger yen 來表達。

關鍵詞彙

- **foreign operations**   國外營運 = international business
- **overseas development [expansion]**   海外發展〔擴張〕
- **global sourcing**   全球採購 = international procurement

財務知識 check!

overseas development（海外發展）

製造業的海外轉移，尤以朝向中國的轉移備受矚目。此外，所謂其他公司品牌之生產委託代工 OEM (Original Equipment Manufacturing [Manufacturer]) 或 outsourcing 等，都同時在加速

增長。伴隨而來的國內產業空洞化 (hollowing out of domestic industry)，造成人員削減 (staff reduction)、工廠關閉 (factory closing)，以及新的商業投資 (new business venture) 等現象亦持續增加中。

✏️ Exercises

請依照中文語意，於空格中填入適當詞彙以完成英文句子。

① 我們已經把主要產品六成的生產線移到了中國。

We have already (　　) 60 percent of the (　　) (　　) for its (　　) products to China.

② 為了配合我們擴大海外採購的新方針，進口的零件最近大幅增加。

Recently, (　　) of (　　) has increased tremendously in line with our new policy of promoting (　　) (　　).

③ 由於 SARS 流行，我們向中國採購的零件暫時減少了。

(　　) (　　) the SARS epidemic, the procurement of our parts from China (　　) (　　) (　　).

🔓 Answers

① We have already (**shifted**) 60 percent of the (**production**) (**facilities**) for its (**major**) products to China.

② Recently, (**importing**) of (**parts**) has increased tremendously in line with our new policy of promoting (**overseas**) (**procurement**).

   Notes in line with ... 配合

③ (**Due**) (**to**) the SARS epidemic, the procurement of our parts from China (**temporarily**) (**went**) (**down**).

   Notes epidemic（疾病等的）流行　procurement 採購

Useful Expressions

請在 (　　) 中填入自己公司的數值資料，以完成介紹句。

我們在（　　會計年度）的海外營業額減少了（　　%）左右。不過在中國，尤其是在上海周邊，營業額則有十分強勁的增長。

Our overseas sales for (fiscal year　　) decreased about (　　percent).
However, sales in China, especially around Shanghai, have shown remarkably strong expansion.

10 環境

1. The ratio of environment-friendly products is ...
環保產品的比例為……

> 公司努力在保護環境，我們環保產品的比例至少有七成，遠高於業界普遍的目標。
>
> The company has been trying to protect the environment, and our **ratio of environment-friendly products is** at least 70 percent, far above the industry-wide target.

2. Environmental assessment 環評

> 我們五年前就制訂了環評說明書，並呈報給當地的政府。
>
> We prepared our first **environmental assessment** statement five years ago and submitted it to the local government.

3. Have instigated several programs aimed at helping prevent global warming 推動了多項以協助防止地球暖化為目的的計畫

> 我們很關切全球氣溫在本世紀結束前可能會上升攝氏三度的預測，所以推動了多項以協助防止地球暖化為目的的計畫。
>
> We are concerned about predictions that global temperature may rise 3°C by the end of the century, so we **have instigated several programs aimed at helping prevent global warming**.

◆ 解說與延伸

1. protect the environment 是「保護環境」之意，而 environment-friendly 指「對環境友善的（環保的）」，industry-wide 則指「業界整體」。
2. environmental assessment statement 為「環境評估報告書」，也可說成 environmental impact report。
3. degree centigrade 為「攝氏溫度（°C）」，也常用 Celsius 表示。

💡 關鍵詞彙

• **damage the environment**　破壞環境

- **environmental [ecological] issue** — 環境〔生態〕議題
- **environmental controls [regulations]** — 環境控管〔管制〕
- **environmental [ecology-minded] groups** — 環保〔生態保育〕團體
- **air pollution** — 空氣污染
- **industrial discharge** — 工業排放（如 waste water「廢水」）

Exercises

請將下列英文句子（ ）內的部份做適當的「排列組合」，並在缺字的地方「補足詞彙」。

① 環保產品的比例占所有產品的八成。

(already　products　the　ratio　of) accounts for 80 percent of all products.

② 有關當局已收到本公司去年所發表達 200 頁的環評報告。

The 200 page (last　company　year　report　published　environmental　our) was received by the authorities concerned.

③ 對於全球氣溫在 21 世紀結束前可能會上升攝氏三度我們十分關切，因此我們在防止地球暖化上可說是不遺餘力。

We are deeply concerned (may　by　rise　global　that　the　3°C) by the end of the 21st century and thus we have made every effort to prevent global warming.

Answers

解答中畫線的部份是補足詞彙。

① (The ratio of <u>environment-friendly</u> products already) accounts for 80 percent of all products.
   Notes account for ... 占據

② The 200 page (**environmental <u>assessment</u> report our company published last year**) was received by the authorities concerned.

③ We are deeply concerned (**that the global <u>temperature</u> may rise by 3°C**) by the end of the 21st century and thus we have made every effort to prevent global warming.

Useful Expressions

請在（　　）中填入自己公司的數值資料，以完成介紹句。

我們取得了很大的進展，把工業廢水減少了（　　%）。

We have made great strides in eliminating industrial waste water by (percent).

 # Review

請透過以下測驗，檢視你對本章內容的理解度。（解答請參考第 202 頁）

（解答請參考第 202 頁）

Part I 請寫出以下術語之中譯及其定義。

（**1**）operating income margin

中譯

定義

（**2**）technology export

中譯

定義

（**3**）joint venture

中譯

定義

Part II 請寫出與以下詞組意義相同的詞組。

（**1**）capital stock =

（**2**）make an excellent showing =

（**3**）take a stake in =

（**4**）globalization =

（**5**）leading-edge technology =

Part III 請依據中文語意，於空格中填入適當詞彙以完成英文句子。

（**1**）ABC 公司於星期五宣布，其第一會計季度之淨利幾乎達到三倍，不過這是由於石油價格大幅攀升所致。

ABC Corp. on Friday announced its (①   ) (②   ) (③   ) nearly (④   ), lifted by a (⑤   ) (⑥   ) in oil prices.

（**2**）本公司目前正計畫興建全能生產時可達到兩倍產能的新工廠，且預計將於 6 月初開始生產。

The company is currently (①   ) (②   ) (③   ) (④   ) a new factory which could (⑤   ) its full production (⑥   ) and it is slated to (⑦   ) in early June.

*slated 預計、預定 = scheduled

（**3**）最初發表 Revival Plan 時，經營團隊提出了三項大膽承諾（必達目標）。若其中有任一者未能達成，經營團隊全體允諾將辭職以示負責：

• 回復到 2015 會計年度之淨獲利

• 2017 會計年度前，營業利益率達到 4.5% 以上

• 2017 會計年度前，將汽車事業之合併淨債務削減至 7,000 億日圓以下

When Revival Plan was first announced, our executive committee announced three bold commitments; if any of these were not met, the members promised to resign:

• A return to net (①⎽⎽⎽⎽⎽⎽) in fiscal year 2015

• A minimum operating (②⎽⎽⎽⎽⎽⎽) to sales (③⎽⎽⎽⎽⎽⎽) of 4.5 percent by fiscal year 2017

• Consolidated net automotive debt reduced to (④⎽⎽⎽⎽⎽⎽) (⑤⎽⎽⎽⎽⎽⎽) JPY 700 billion by fiscal year 2017

*consolidated net debt 合併淨債務

Part IV 請依據中文語意，適當排序（　）中的詞彙。

（1）本公司去年的淨收益因天然瓦斯的價格飆升而增長了 136%。

(prices helped income year's gas lift soaring of natural last net) for us by 136 percent.

（2）多虧了成本削減措施，本公司 2019 年度恢復獲利。集團淨獲利為 280 億日圓，而去年度則有 4,900 億日圓的淨虧損。

We returned to (① in profitability cost-cutting thanks fiscal 2019 to measures). It reported a group net profit of ¥ 28 billion, (② net recorded JPY 490 billion loss following a of) a year ago.

（3）ABC 集團表示，2018 會計年度其赤字甚至大於預期。而此集團的帳面將出現至 3 月 31 日為止的一年間，有史以來最大的淨虧損。

ABC Group said (① went red even the expected than it deeper into) in fiscal 2018. This group will post the biggest-ever (② ended the March 31 loss year net for that).

（4）XYZ 公司決定在俄羅斯製造汽車，預計於 2020 年時開始生產。而目前在俄羅斯的所有外商公司之年度新車總銷量僅有 120 萬台。

XYZ Corp. has (① with Russia to set start production decided make cars in to) in 2020. (② total new foreign-based cars annual of companies all the sales of) currently stand at a mere 1.2 million units.

公司的設立與其宗旨

　　設立公司時，首先須向主管機關 (competent authorities) 提出註冊文件等資料。而這些文件包括成立意向書 (letter of intent)、公司章程 (articles of incorporation) 等內容，一旦獲得受理，出資者 (investor) 就必須繳納資本 (capital)。

　　資本有兩種，一種是僅認可至一定金額為止的法定資本額 (authorized capital)，另一種則是實際支付的實收資本額 (paid-in capital)。而多付了超過股票面值 (par value) 的部分，稱為資本公積 (paid-in surplus)。

　　在美國，「股份有限公司」通常用 ABC Company, Inc. 這樣的表現方式，其中 Inc. 指的是 incorporated。

　　英國系統以 ABC Company, Ltd. 為主流，其中 Ltd. 指 limited。若是私人有限公司，則通常會用 Private Limited (= Pte Ltd.) 表示，這在澳洲、紐西蘭、馬來西亞及新加坡等地很常見。

　　此外，關於公司宗旨，也有各種理論存在，不過追求利潤應可說是其最主要目標。而利益包括了毛利 (gross profit)、經常性利潤 (recurring profit)、稅前利潤 (profit before tax)、稅後利潤 (profit after tax) 等等，甚至連營業利益率也會依分子數值種類不同，成為不同的比率。其他獲利指標還有最近常用的 EBITDA。這是 earnings before interest, tax, depreciation and amortization 的縮寫，代表「利息、稅金、折舊及攤銷前之盈餘」之意，也可說就是企業目前實際可用之現金流量 (cash flow)。

第 **2** 章

說明公司業務內容的數字

公司的業務內容

　　一般而言，公司裡會有許多部門，而本章所提到的部門 (division or department) 皆為大部分公司都具有的部門。當然，大企業 (major corporation) 的組織結構與中小企業 (small & medium corporation) 相比，肯定較為複雜、分工更為精細，但是基本上的業務內容是類似的。

　　大部分公司裡的明星 (star player) 部門應該都是業務部。業務部門關心的總是產品銷量或業績與前一年相比提升了多少等。

　　可是，不管業務員怎麼努力，產品品質若是不好，東西還是會賣不出去；又，縱使想製造優質產品，但若沒有相關技術或資金，一切也只是不可能的任務。因此，人才的雇用與在職教育極其重要。此外，公司的嚴重違法 (serious violation of laws and regulations）更會威脅到其自身的存續 (continued existence/survival)。故，各部門間的合作與協調 (co-operation and collaboration) 乃企業成功之關鍵。

　　本章正是由此觀點出發，介紹與公司業績、管理有關之各部門裡常見的數字或計算公式之英語表達方式。不過光看本章所收錄的內容，或許還無法充分理解相關的業務、流程等。在這種情況下，就必須請讀者自行閱讀經營管理類的參考書籍，以進行後續的補充學習。

　　本章也盡可能收錄了與業務分析有關的指標，有些會與其他章節的內容重複。畢竟與業務內容有關的評價和公司整體的評價，總是會有密切而難以分割的部分。

　　另外，因篇幅有限而無法收錄公司治理 (corporate governance) 以及與環境相關等業務之表達方式等主題。這些對於企業的理解來說也都十分重要，因此必須請大家自行查閱相關資源。

 Pre Test

　　在正式開始學習前，我們先來測試一下你對本章主題相關詞組及表達方式的理解程度如何。

1. 請寫出以下詞組所代表的意義。
- ☐（1）　marketing strategy　　　　　（　　　　　　　　）
- ☐（2）　finished goods　　　　　　　（　　　　　　　　）
- ☐（3）　production output　　　　　　（　　　　　　　　）

☐ （4） production scale （ ）
☐ （5） advertising expenses （ ）
☐ （6） mid-range plan （ ）
☐ （7） turnover ratio （ ）
☐ （8） assets management （ ）
☐ （9） writeoff （ ）
☐ （10） joint-venture contract （ ）
☐ （11） Research and Development （ ）
☐ （12） L/C （ ）
☐ （13） market share （ ）
☐ （14） internal audit （ ）
☐ （15） patent fee （ ）

2. 請從（a）～（e）選出下列詞組所代表的正確意義。

☐ （1） sales on credit （ ）
☐ （2） amortization （ ）
☐ （3） LRP （ ）
☐ （4） market penetration ratio （ ）
☐ （5） external audit （ ）

（a）用來評估某商品之市場滲透程度的標準
（b）由執業會計師所進行的經營效率、有效性與適切性、合法性與適法性等稽核
（c）長程營業計畫
（d）商譽等無形資產的攤銷
（e）以事後會收到款項為前提，先行出售產品的交易型態

🔓 解答

1. （1）行銷策略（2）製成品（3）產出（4）生產規模（5）廣告費用（6）中程計畫（7）流動率（8）資產管理（9）沖銷（10）合資契約（11）研究發展（12）信用狀（13）市場占有率（14）內部稽核（15）專利費

2. （1）**e**（賒銷）（2）**d**（攤銷）（3）**c**（長程計畫）（4）**a**（市場滲透率）（5）**b**（外部稽核）

業務（1）

1. Market share is X percent. 市占率是 X%

我們的市占率如下：A 產品，20%；B 產品，30%；整體而言，23%。

Our **market shares are** as follows: Product A, 20 percent; Product B, 30 percent; and overall, 23 percent.

2. Average sales productivity is ... 平均銷售力是……

我們銷售人員的平均銷售力為每人每年 5,000 萬日圓；最高可達 1 億日圓。

The **average sales productivity** of our salespeople **is** JPY 50 million per person annually; the highest productivity is JPY 100 million.

3. Consist of ... 由……組成

我們的行銷部門由 500 位銷售人員和 30 位支援人力組成，年營業額是 1,000 億日圓。

Our marketing division **consists of** 500 salespersons and 30 support staff, with annual sales of JPY100 billion.

🔺 解說與延伸

1. market share 就是「市場占有率」。
2. sales productivity 為「銷售能力」。形容 productivity 時，會用 high、low 等形容詞，而這裡用了最高級 highest，因此指的就是「Top Sales」。
3. 「由～組成」的 consist of 也可改用 be composed of。而 staff 為集合名詞，故通常不用複數形。

💡 關鍵詞彙

- **market penetration ratio**　市場滲透率
- **marketing strategy**　行銷策略
- **sales force**　銷售人力
- **experienced salesperson**　有經驗的銷售人員
- **trainee**　受訓人員

財務知識 check!

marketing（行銷）

通常就是指銷售，但有時也代表包含銷售計畫的所有業務相關活動。

Exercises

請依照中文語意，於空格中填入適當詞彙以完成英文句子。

① 個人電腦在日本的市場滲透率是 85%，而我們產品的市占率則是 15%。

The ( ) ( ) ( ) of PCs is 85 percent in Japan, and our product ( ) ( ) is 15 percent.

② 去年我們銷售人員的銷售力從最高的 1 億日圓到最低的 500 萬日圓都有。

The ( ) ( ) of our ( ) last year ranged from a ( ) of JPY 100 million to a ( ) of JPY 5 million.

③ 我們的 500 位銷售人員中有 50 位具備經驗，350 位中等，其餘 100 位則是受訓人員。

Of our 500 ( ), 50 are ( ), 350 are average, and the remaining 100 are ( ).

Answers

① The (**market**) (**penetration**) (**ratio**) of PCs is 85 percent in Japan, and our product (**market**) (**share**) is 15 percent.

② The (**sales**) (**productivity**) of our (**salespersons**) last year ranged from a (**high**) of JPY 100 million to a (**low**) of JPY 5 million.

    Notes range from A to B　從 A 到 B 都有

③ Of our 500 (**salespersons**), 50 are (**experienced**), 350 are average, and the remaining 100 are (**trainees**).

    Notes the remaining　其餘的

Useful Expressions

請在（ ）中填入自己公司的數值資料，以完成介紹句。

女性占了我們銷售人力的（ %），並貢獻了總營收的（ %）。

Females constitute (percent) of our sales force and contribute (percent) of total revenues.

業務（2）

1. Selling expense rate is higher than ...
銷售費用率比……高

> 我們的銷售費用率是營收的 20%，比我們的競爭對手高了幾個百分點。
>
> Our **selling expense rate** is 20 percent of revenue, which **is** a few percentage points **higher than** that of our competitors.

2. X percent of our sales is directly to individual customers
我們的銷售有 X% 是直接賣給個人客戶

> 我們的銷售有 70% 是直接賣給散客，貨到付款。
>
> Seventy **percent of our sales is directly to individual customers** with cash-on-delivery payment.

3. Accounts receivable are equivalent to X days sales revenue
應收帳款相當於 X 天的銷貨收入

> 應收帳款的餘額相當於 90 天的銷貨收入，而且其中有 2% 預計無法回收。
>
> The outstanding balance of **accounts receivable is equivalent to 90 days sales revenue**, 2 percent of which is expected to be uncollectible.

♠ 解說與延伸

1. 「與～相比」這樣的比較表達也可用 be compared to。

2. the payment terms 是「付款方式」之意。而 cash-on-delivery 是指「貨到付款」的支付方式，可縮寫為 COD。

3. outstanding balance of ... 為「～餘額」之意。accounts receivable（a/r 或 A/R）則是「應收帳款」，有時也直接說成 receivables，而用 receivables 時請注意一定要用複數形。另外 be equivalent to 是「相當於～」之意。

🔑 關鍵詞彙

- **corporate customer**   企業客戶
- **payment by promissory note**   憑本票付款
- **sales on credit**   賒銷　*以 credit 表示「賒帳」之意

• **long-term accounts receivable**　　　長期應收帳款

 財務知識 **check!** ────────────────────────

sales on credit（賒銷）

當買方值得信任時，先行交付商品，款項則於日後（例如 1 個月之後）再收取的做法。當然也可能發生收不到款項的情況，這時收不到的款項就稱為呆帳損失（bad debt loss）。

Exercises

請將下列英文句子（　）內的部份做適當的「排列組合」，並在缺字的地方「補足詞彙」。

① 跟競爭對手比起來，我們的產品價格一向都高兩到三成。

The prices of our products are always (30　percent　higher　with　our　20　to　when　compared).

② 我們的銷售有 20% 是賣給企業客戶，信用期間是 90 天。

Twenty percent of our sales are to (with　customers　credit　payment corporate　of　90　days).

③ 長期應收帳款一向存在呆帳問題，必須定期沖銷。

(include　always　long-term　accounts　bad　debts), which must be written off regularly.

Answers

解答中畫線的部份是補足詞彙。

① The prices of our products are always (**20 to 30 percent higher, when compared with our <u>competitors</u>'**).

② Twenty percent of our sales are to (**corporate customers with payment <u>terms</u> of 90 days credit**).

③ (**Long-term accounts <u>receivable</u> always include bad debts**)，which must be written off regularly.

Notes bad debts 呆帳　write off 沖銷

Useful Expressions

請在（　　）中填入自己公司的數值資料，以完成介紹句。

我們在日本有（　家）分店和（　個）經銷商。

We have (　　　) branch offices and (　　　) sales agents in Japan.

3 生產製造（1）

1. Show a X percent growth over ... ⋯⋯出現了 X% 的成長

我們的年產出去年出現了 5% 的成長，增加到 10 萬噸。

Our annual production output **showed a 5 percent growth over** last year, rising to 100,000 tons.

2. The percentage of direct material cost against production cost is X percent　直接原料成本占生產成本的百分比是 X%

直接原料成本占生產成本 40% 左右，直接人工成本則是 20% 左右。

The percentage of direct material cost against production cost is about 40 **percent** and that of direct labor is about 20 percent.

3. A X percent reduction compared with ... 比⋯⋯減少了 X%

上個會計年度結束時，在製品存貨的金額是 3 億日圓，比前一年減少了 10%。

The amount of goods-in-process was JPY 300 million at the end of last fiscal year, **a 10 percent reduction compared with** the previous year.

♠ 解說與延伸

1. production output 是「產出」之意，而 production yield 也可表達相同意義。
2. 「生產成本」也可用 manufacturing cost。例句中的 that 是指 cost，亦即 cost of direct labor「直接人工成本」。
3. goods-in-process 指「在製品」存貨，其中的 goods 為商品、貨物的總稱，為複數形，但沒有 this goods 這樣的用法，請特別注意。另外「減少」除了用 reduction 外，也可用 decrease。

💡 關鍵詞彙

• **manufacture**	製造
• **finished goods**	製成品
• **finished-goods inventory**	製成品存貨
• **optimization of production**	最佳化生產
• **production worker**	生產工人

production cost / manufacturing cost（生產成本 / 製造成本）

生產成本就是製造時所產生的成本 (manufacturing cost incurred)，亦即原料成本 (material cost)、人工成本 (labor cost) 和製造費用（主要為折舊成本 depreciation cost）這 3 大要素，再加上在製品的數量多寡因素而成。

Exercises

請依照中文語意，於空格中填入適當詞彙以完成英文句子。

① 我們的產出以每年 7% 的速度成長，從 1990 年的 10 億日圓來到今年的 20 億日圓。

Our (　　) (　　) has (　　) at the rate of 7 percent per year
(　　) JPY 1 billion in 1990 (　　) JPY 2 billion this year.

② 製造成本的主要構成項目是直接人工和直接原料。

The main components of (　　) (　　) are (　　) (　　) and
(　　) (　　).

③ 在今年的第二會計季度結束時，製成品存貨是 11 億日圓，比去年同期減少了 1 億日圓。

The (　　) (　　) was JPY 1.1 billion at the end of the second fiscal
quarter this year, a JPY 0.1 billion (　　) (　　) (　　) the same
period last year.

Answers

① Our (**product**) (**yield**) has (**grown**) at the rate of 7 percent per year (**from**) JPY 1 billion in 1990 (**to**) JPY 2 billion this year.　**Notes** at the rate of X% per year 以每年 X% 的速度

② The main components of (**manufacturing**) (**costs**) are (**direct**) (**labor**) and (**direct**) (**material**).
Notes component 構成項目

③ The (**finished-goods**) (**inventory**) was JPY 1.1 billion at the end of the second fiscal quarter this year, a JPY 0.1 billion (**reduction**) (**compared**) (**with**) the same period last year.
Notes the second fiscal quarter 第二會計季度

Useful Expressions

請在（　　）中填入自己公司的數值資料，以完成介紹句。

去年我們以（　位）生產工人製造了（　件）(*產品　　)。

We manufactured (*數量　) (*產品　　) with (*數量　) production workers last year.

4 生產製造（2）

1. What is the plant capacity utilization rate?
工廠產能利用率是多少？

你們的工廠產能利用率是多少？
What is your **plant capacity utilization rate**?

2. The maximum daily output is ...
最大的日產出量是……

我們工廠最大的日產出量是 3,000 噸。
The maximum daily output of our plant **is** 3,000 tons.

3. The production is reduced by half
生產量減半

等到把勞力密集形態的製造業轉到中國後，我們的產量就會減半。
After shifting our labor-intensive types of manufacturing to China, our **production will be reduced by half**.

🔺 解說與延伸

1. 「產能利用率」就是「生產能力利用比率」的意思，除了 plant capacity utilization 之外，也可說成 operating rate。而「工廠」可用 plant、factory、mill 等字來表達，其中 mill 通常指生產紙張或木材等的地方，有時也用來指稱鋼鐵廠。

2. 「產出量」也可說成 output [production] quantity。

3. 「減半」也可用動詞 halve 來表達，例如 Shifting our labor-intensive production to China will halve our domestic production.。

💡 關鍵詞彙

• **consumer goods** 　　　　　　　　　　消費品
• **manufacturing technology [technique]** 　製造技術 = manufacturing know-how
• **capital-intensive** 　　　　　　　　　　資本密集的

 財務知識 **check!** ────────────────────────────────

labor-intensive（勞力密集）

以人海戰術 (human sea tactic) 進行的生產方式，主要應用在勞動成本低廉的國家。

capital intensive（資本密集）

如重化工業 (heavy and chemical industry) 之類，投入資本（工廠或設備）比率較高的生產形式。

Exercises

請依照中文語意，於空格中填入適當詞彙以完成英文句子。

① 跟去年比起來，今年我們工廠的產能利用率大幅惡化。

Our (　　　) (　　　) (　　　) this year deteriorated drastically (　　　) (　　　) last year.

② 我們所拿到的訂單相當於工廠 15 天的最大日產出量。

The order we received is (　　　) to 15 days of (　　　) (　　　) (　　　) at our plant.

③ 我們打算把資本密集的生產留在日本，它占了我們總產量的半數左右。

We intends to keep (　　　) production in Japan, which is about half of our total (　　　).

Answers

① Our (**plant**) (**utilization**) (**rate**) this year deteriorated drastically (**compared**) (**with**) last year.

　Notes drastically 大幅地　deteriorate 惡化

② The order we received is (**equivalent**) to 15 days of (**maximum**) (**daily**) (**output**) at our plant.

③ We intends to keep (**capital-intensive**) production in Japan, which is about half of our total (**production**).

Useful Expressions

請在 (　　　) 中填入自己公司的數值資料，以完成介紹句。

我們工廠所生產的消費品達（　　　台幣），約占最大日產出量的（　　　%）。

Our factory produces (NT　　　　) in consumer goods, which is about (　　percent) of its maximum daily output.

第2章

5 廣告、宣傳

1. Cut advertising expenses to X percent
把廣告費用降到 X%

> 過去我們的廣告費用是銷貨收入的 4% 到 5%，但今年我們把它降到了 3%。
>
> Our **advertising expenses** were 4-5 percent of sales revenues in the past, but we **cut them to** 3 **percent** this year.

2. The rate of increase in A is not in proportion to that of B
A 的增加比率跟 B 不成等比

> 廣告支出的增加比率不見得都跟銷貨收入的增加等比例。
>
> **The rate of increase in** advertising expenditures **is not** always **in proportion to that of** sales revenue.

3. Result in a X percent increase of ...
使……增加了 X%

> 我們最近的廣告宣傳非常成功，使 A 產品的銷售量增加了五成。
>
> Our recent advertising campaign was very successful, **resulting in a** 50 **percent increase of** Product A sales.

♠ 解說與延伸

1. revenue 為「收入」。而「廣告費用」也可說成 advertising and publicity expenses [expenditures]。
2. be in proportion to 就是「與～成等比」的意思，也可說成 proportionate to、proportional to。另外，sales revenue 為「銷貨收入」，同義說法還有 sales amounts。
3. advertising campaign 就是「廣告宣傳」、「廣告活動」。而「非常成功」除了以 very successful 表達外，a great success 和 huge success 也經常使用。

☀ 關鍵詞彙

- **advertising budget** — 廣告預算
- **advertising agency** — 廣告代理商
- **advertising medium** — 廣告媒體　*複數形為 advertising media

- **institutional ad.** 企業形象廣告（非產品廣告，而是將公司本身理念傳達給消費者的廣告）
- **advertising effectiveness** 廣告效果
- **PR (= public relations)** 公關

 Exercises

請將下列英文句子（ ）內的部份做適當的「排列組合」，並在缺字的地方「補足詞彙」。

① 我們去年的廣告費用是營收的 5%。

　　Our (expenses　year　last　advertising) 5 percent of revenue.

② 某樣產品的銷貨收入通常與該產品的廣告支出成等比。

　　The sales revenue of a certain product (to　amount　of　expenditures　in is　usually　the　advertising) for that product.

③ 最近的廣告案非常成功，使我們的產品銷量增加了三成。

　　The recent advertising copy was very successful, (of　a　products　our　30 percent　increase　in　sales).

Answers

解答中畫線的部份是補足詞彙。

① Our (**advertising expenses last year <u>were</u>**) 5 percent of revenue.
② The sales revenue of a certain product (**is usually in <u>proportion</u> to the amount of advertising expenditures**) for that product.
③ The recent advertising copy was very successful, (**<u>resulting</u> in a 30 percent increase of our products sales**).

Useful Expressions

請在（　　　）中填入自己公司的數值資料，以完成介紹句。

為了推銷我們的新產品，光去年所花費的廣告支出就達到了（　　　　台幣）。

We made advertising expenditures amounting (NT　　　　) last year alone in order to promote our new products.

1. A risk of inflation at the rate of X percent per annum
通膨風險的比率是每年 X%

> 我們在公司的營運計畫中假設，通膨風險的比率是每年 2%。
>
> Our corporate plan assumes **a risk of inflation at the rate of** 2 **percent per annum**.

2. Prepare our mid-range plan by the end of ...
在……結束前擬出中程計畫

> 我們必須在本月結束前擬出中程計畫。
>
> We must **prepare our mid-range plan by the end of** this month.

3. Based on an assumed ROI of X percent
基於投資報酬率 X% 的假設

> 我們的長程計畫建立在投資報酬率 10% 的假設上。
>
> Our long-range plan **is based on an assumed ROI of** 10 **percent**.

♠ 解說與延伸

1. p.a. = per annum = annually 為「每年」之意。另外，句中的 assume 指「認為」、「假定」。

2. 「中程計畫」mid-range plan 可縮寫為 MRP。

3. 「長程計畫」long-range plan 縮寫為 LRP，而 ROI 則指 return on investment，即「投資報酬率」。

💡 關鍵詞彙

• **make a plan**	訂定計畫
• **departmental plan**	部門計畫
• **business plan**	營業計畫
• **financial plan**	財務計畫
• **revenue target**	營收目標
• **growth rate**	成長率

business plan（營業計畫）

營業計畫通常可分為 1～2 年左右的「短程計畫」、5 年左右的「中程計畫 (= MRP)」，以及 10 年左右的長程計畫 (= LRP)，但現今由於全世界的政治、經濟情勢都非常不穩定，故以 10 年為單位的長程計畫已不再流行。

Exercises

請依照中文語意，於空格中填入適當詞彙以完成英文句子。

① 我們長程計畫所涵蓋的期間從 2019 年到 2025 年。

Our (　　　) (　　　) (　　　) a (　　　) from 2019 to 2025.

② 我們必須在下週結束前把我們的中程計畫呈交給財務長。

We must (　　　) our (　　　) (　　　) to the CFO (　　　) (　　　)
(　　　) of next week.

③ 我們今年的營收目標是 2 兆日圓，較前一年成長 8%，投資報酬率則為 5%。

Our (　　　) (　　　) for this year is JPY 2 (　　　), with a (　　　)
(　　　) of 8 percent over the previous year, and an (　　　) of 5 percent.

Answers

① Our (**long-range**) (**plan**) (**covers**) a (**period**) from 2019 to 2025.

② We must (**submit**) our (**mid-range**) (**plan**) to the CFO (**by**) (**the**) (**end**) of next week.
　　Notes CFO 財務長 = chief financial officer

③ Our (**revenue**) (**target**) for this year is JPY 2 (**trillion**), with a (**growth**) (**rate**) of 8 percent over the previous year, and an (**ROI**) of 5 percent.

Useful Expressions

請在（　　　）中填入自己公司的數值資料，以完成介紹句。

我們公司為今年所訂下的營收目標是（　　　台幣），較去年成長（　　　%）。

Our company set a revenue target of (NT　　　) for this year, a (　　percent)
growth over last year.

7 人事、勞務

1. Salary increase rate 加薪幅度

由於業績不佳，今年我們整體的薪資調幅幾乎是零。

Our overall **salary increase rate** was almost nil this year because of poor business results.

2. Turnover rate 流動率

東南亞員工的流動率是日本的 10 倍以上。

The **turnover rate** of employees in Southeast Asia is more than 10 times that in Japan.

3. Annual average overtime per employee 每位員工的年平均加班時數

去年我們每位員工的年平均加班時數是 200 個小時，加班費則是 40 萬日圓。

Our **annual average overtime per employee** last year was 200 hours and overtime payment was JPY 400,000.

↑ 解說與延伸

1. nil 是「0、零、無」的意思。almost nil 也可說成 almost zero or nothing。
2. 「流動率」也可用 labor turnover rate。另外，句中的 that 指的是句首的 the turnover rate of employees。
3. 「加班費」為 overtime payment。除此之外還有 overtime pay 這樣的講法。

⚙ 關鍵詞彙

- (automatic) annual pay increase　（自動）每年加薪
- lifetime employment system　終身雇用制
- labor management　勞動管理
- employee training　員工訓練
- performance evaluation　績效考核

 財務知識 **check!**

lifetime employment system（終身雇用制）

截至最近為止，終身雇用制一直是日式經營的特徵，在這種雇用制度下員工終生受同一企業雇用，不會被中途裁員或解雇。

 **Exercises**

請將下列英文句子（　）內的部份做適當的「排列組合」，並在缺字的地方「補足詞彙」。

① 由於近來業績不佳，有很多日本企業都在研究要廢除每年加薪的制度。

Many Japanese corporations have been studying the abolition of (system due　increase　the　to　pay) recent poor business results.

② 過去五年間，我們的員工流動率上升了兩倍多。

(has　than　employee　more　twice　our　rate　risen) during the past five years.

③ 西方企業沒有終身雇用制。

In Western corporations, (system　there　is　no　employment).

Answers

解答中畫線的部份是補足詞彙。

① Many Japanese corporations have been studying the abolition of (**the annual pay increase system due to**) recent poor business results.

② (**Our employee turnover rate has risen more than twice**) during the past five years.

③ In Western corporations, (**there is no lifetime employment system**).

Useful Expressions

請在（　　）中填入自己公司的數值資料，以完成介紹句。

我們每年花在員工訓練上的費用大約相當於經常性獲利的（　%）。

We spend the equivalent of about (　percent) of its recurring profit in employee training each year.

Notes recurring profit 經常性獲利

 **8** 總務、管理

1. Management of corporate assets
管理公司的資產

> 管理公司的資產是總務部的重要任務之一。
>
> One of the important missions of the General Administration Dept. is **management of corporate assets**.

2. Approved by an overwhelming majority
以壓倒性的多數獲得通過

> 在股東大會上，該動議以壓倒性的多數獲得通過。
>
> The motion **was approved by an overwhelming majority** at the general stockholders' meeting.

3. Contract will expire on (date)
合約將在（日期）到期

> 租車契約將在 4 月 30 日到期，總務部必須準備續約才行。
>
> As the vehicle lease **contract will expire on** April 30th, the General Administration Dept. must prepare for its renewal.

✦ 解說與延伸

1. 請注意，asset 用於表示「財產、資產」之意時，通常使用複數形 assets。而 General Administration Dept. 指的是「總務部」。
2. motion 為「動議」。「股東大會」除了上述的 general stockholders' meeting 外，還有 meeting of stockholders [shareholders]、stockholders' [shareholders'] meeting 等說法。
3. expire 有「（契約等）到期、期滿」之意，其名詞形為 expiration。另，renewal 指「更新」，其動詞為 renew。

💡 關鍵詞彙

• by majority	過半數
• bare majority	勉強過半數 = narrow majority
• valid for X years	有效期 X 年

72

財務知識 check!

stockholders' meeting（股東會）

為合股公司中的最高決策機構，由股東組成，進行有關董事之任命、批准股息等商事法上重要事項的決議。股東每擁有 1 股即享有 1 票投票權，並以過半數表決的方式決定議事內容通過與否。

Exercises

請依照中文語意，於空格中填入適當詞彙以完成英文句子。

① 在股東會上，動議是以勉強過半數獲得通過。

The motion (　　　) (　　　) (　　　) (　　　) (　　　) (　　　) at the stockholders' meeting.

② 辦公大樓租約的有效期是三年。

The office building (　　　) (　　　) (　　　) (　　　) (　　　) three years.

③ 總務部負責管理公司的資產。

(　　　) (　　　) Dept. is responsible for (　　　) of (　　　) (　　　).

Answers

① The motion (**was**) (**approved**) (**by**) (**a**) (**narrow / bare**) (**majority**) at the stockholders' meeting.

② The office building (**lease**) (**contract**) (**is**) (**valid**) (**for**) three years.

③ (**General**) (**Administration**) Dept. is responsible for (**management**) of (**corporate**) (**assets**).

Notes responsible for 負責

Useful Expressions

請在（　　　）中填入自己公司的數值資料，以完成介紹句。

我們的總務部有（　　位）工作人員，（　　幾）男（　　幾）女。

Our General Administration Dept. has a work force of (　　persons), (　　males) and (　　females).

9 會計、財務

1. Long overdue accounts receivable amount to X percent of ...
逾期已久的應收帳款占……的 X%

> 我們逾期已久的應收帳款占總應收帳款的 2%。
>
> Our **long overdue accounts receivable amount to** 2 **percent of** total accounts receivable.

2. Write off ... in bad debts
沖銷……的呆帳

> 我們公司今年應該會沖銷 2,000 萬日圓的呆帳。
>
> Our company should **write off** JPY 20 million **in bad debts** this year.

3. Accumulated depreciation
累計折舊

> 我們今年固定資產的折舊是 3 億日圓，使累計折舊達到了 30 億日圓。
>
> Our depreciation of fixed assets amounts to JPY 300 million this year, resulting in an **accumulated depreciation** of JPY 3 billion.

↟ 解說與延伸

1.「應收帳款」為 accounts receivable，可縮寫為 A/R。注意，在此 accounts 應用複數形。

2.「呆帳」就是 bad debts。而 write off 為動詞「沖銷」之意。另外，名詞 writeoff 則為「沖銷」。

3. fixed assets 為「固定資產」。而 depreciation 一般指「貶值」，在此則指折抵有形固定資產（折舊）。另外 accumulated 為「累計的～」之意。

💡 關鍵詞彙

- **amortization**　攤銷（用於商譽等無形資產方面）
- **close the books**　結算
- **depreciation**　折舊

long overdue accounts receivable（逾期已久的應收帳款）

已過了付款期限卻還未支付的應收帳款就稱為 overdue accounts receivable。通常拖欠時間長達 90 天，甚至 270 天的，就是所謂「逾期已久的應收帳款」，這種帳款收不到的可能性極高。

Exercises

請將下列英文句子（ ）內的部份做適當的「排列組合」，並在缺字的地方「補足詞彙」。

① 我們逾期已久的應收帳款達到 4 億日圓，比去年增加了 5%。

(accounts long amounted our receivable) to JPY 400 million, a 5 percent increase over last year.

② 我們的呆帳達到了 3,000 萬日圓，必須在這個會計年度沖銷。

(million amount bad JPY 30 our to), and must be written off this fiscal year.

③ 我們固定資產的累計折舊達到 30 億日圓。

(assets depreciation fixed of our) stands at JPY 3 billion.

Answers

解答中畫線的部份是補足詞彙。

① (**Our long <u>overdue</u> accounts receivable amounted**) to JPY 400 million, a 5 percent increase over last year.

② (**Our bad <u>debts</u> amount to JPY 30 million**), and must be written off this fiscal year.
   Notes fiscal year　會計年度

③ (**Our <u>accumulated</u> depreciation of fixed assets**) stands at JPY 3 billion.
   Notes stand at　達到（某一數量）

Useful Expressions

請在（　　　）中填入自己公司的數值資料，以完成介紹句。

我們的應收帳款是（　　台幣），其中有（　%）被視為逾期已久的應收帳款。

Our accounts receivable is (NT　　　), (　percent) of which is considered long overdue accounts receivable.

1. Sign a X-year agreement
簽訂 X 年的協議

> 我們將跟 ABC 公司簽訂三年的獨家代理協議。
>
> We will **sign a three-year** exclusive agency **agreement** with ABC Inc.

2. Claim ... as compensation
要求（金額）作為賠償

> 針對你們的違約，我們將求償 10 萬美元。
>
> We will **claim** US$ 100,000 **as compensation** for your infringement of contract.

3. Pay a penalty of X for ...
因為……而繳了 X 的罰款

> 我們因為違反外匯管理條例而繳了 1,000 萬美元的罰款。
>
> We **paid a penalty of** US$ 10 million **for** violation of the foreign exchange regulations.

↟ 解說與延伸

1. 「簽約、簽訂協議」除了用 sign 以外，也可用 enter into a contract [an agreement]。另外，exclusive agency 為「獨家代理」。

2. infringement of contract 就是「違反契約」，其他還有 infringement of the terms of contract、breach of contract、violation of the terms of contract 等說法。

3. foreign exchange regulations 是指「外匯規章」、「外匯管理條例」。

☼ 關鍵詞彙

• **joint-venture contract**	合資契約
• **breach a contract**	違約
• **renew a contract**	續約
• **terminate a contract**	解約

財務知識 **check!**

contract / agreement（契約／協議）

Contract 是在法律、商務上具法制約束力的措施。而 agreement 則有相互理解進而相互賦予規範、義務之意，電腦軟體等的協議文件就用 agreement。

Exercises

請依照中文語意，於空格中填入適當詞彙以完成英文句子。

① 我們跟 ABC 公司簽了三年的合資契約。

We ( ) ( ) ( ) three-year ( ) ( ) with ABC Inc.

② 我們向 ABC 公司請求 1 億日圓的損害賠償。

We ( ) JPY 100 ( ) ( ) ( ) from ABC Inc.

③ 針對你們違反授權協議，我們將求償 100 萬美元。

We will ( ) US$ 1 ( ) as ( ) for your ( ) of licensing agreement.

Answers

① We (**entered**) (**into**) (**a**) three-year (**joint-venture**) (**contract**) with ABC Inc.

② We (**claimed**) JPY 100 (**million**) (**in**) (**damages**) from ABC Inc.

③ We will (**claim**) US$ 1 (**million**) as (**compensation**) for your (**infringement**) of licensing agreement.

Useful Expressions

請在（ ）中填入自己公司的數值資料，以完成介紹句。

我們跟（公司名 ）簽訂了合資契約。期初投資為各（金額 ）。

We entered into a joint-venture contract with ( ). The initial investment was ( ) each.

研究發展

1. Set at X percent of annual revenue
訂為年營收的 X%

> 我們的研發預算訂為年營收的 5%。
>
> Our research and development budget **is set at** 5 **percent of annual revenue**.

2. Drastic cuts in R&D expenditures
大砍研發經費

> 在經濟不好的時候大砍研發經費可能會對未來的業績造成不利的影響。
>
> **Drastic cuts in R&D expenditures** made during bad economic times may adversely affect future business performance.

3. Maintain a constant ratio of R&D expenses to revenue
維持固定的研發費用對營收比

> 不管經濟狀況如何，日本大部分的一流企業都能維持研發費用對營收比不變。
>
> Most of excellent Japanese corporations **maintain a constant ratio of R&D expenses to revenue** regardless of economic conditions.

↟ 解說與延伸

1. 「研究發展」就是 research and development，縮寫為 R&D。而 revenue 是「營收」。
2. 「砍、削減」除了用 cut 之外，也可用 reduce。而「經費」也可用 expenses、expenditures 或 outlays 表示。另外，drastic 為「激烈的、劇烈的」之意。
3. regardless of 是「不管～」之意，而同義說法還有 in spite of。

☀ 關鍵詞彙

- **research institute**　　研究所
- **R&D investment**　　研發投資
- **R&D project**　　研發案

 財務知識 check!

R&D expenses [expenditures] （研發費用）

R&D 費用對企業的未來而言，是極為重要的要素之一，通常優質企業的 R&D 對營收比都很高。

 **Exercises**

請將下列英文句子（ ）內的部份做適當的「排列組合」，並在缺字的地方「補足詞彙」。

① 日本大公司研發費用對營收比波動都不會非常大。

(of Japanese revenue the companies expenditures R&D of to major) does not fluctuate very much.

② 由於業績不振，我們大砍了研發經費。

We (expenditures and research cut development) because of poor business performance.

③ ABC 公司的研發預算訂在營業額的 4% 到 5%。

ABC Inc.'s (budget is at R&D between) 4 and 5 percent of sales.

Answers

解答中畫線的部份是補足詞彙。

① (The <u>ratio</u> of R&D expenditures to revenue of major Japanese companies) does not fluctuate very much.

    Notes fluctuate 波動

② We (**cut research and development expenditures <u>drastically</u>**) because of poor business performance.

    Notes poor business performance 業績不振

③ ABC Inc.'s (**R&D budget is <u>set</u> at between**) 4 and 5 percent of sales.

Useful Expressions

請在（ ）中填入自己公司的數值資料，以完成介紹句。

我們去年在研發上花了（ 台幣），相當於稅後純益的（ %）。

We spent (NT) on research and development last year, the equivalent to (percent) of profit after tax.

1. Minimum acceptable order
最低可接單量

> 我們的最低可接單量是 1 萬件。假如你們的訂單超過 100 萬件，我們就會打八折。
>
> Our **minimum acceptable order** is 10,000 units. If your order exceeds 1 million units, we will give you a 20 percent discount.

2. Foreign exchange rates are fluctuating drastically
外匯匯率波動劇烈

> 由於外匯匯率波動劇烈，我們應該要訂立遠期外匯合約。
>
> As **foreign exchange rates are fluctuating drastically**, we should make forward exchange rate contract.

3. The expiration date of L/C is ...
信用狀的到期日是……

> 這份不可撤銷信用狀的到期日是 2021 年 10 月 30 日，不得延長。
>
> **The expiration date of** this irrevocable **L/C is** October 30, 2021, and its extension shall not be acceptable.

🔺 解說與延伸

1. 「最低接單量」就是 minimum order。
2. fluctuate 是指「（水準、物價等）波動」，而 exchange rate、forward exchange rate 等，分別指「匯率」、「遠期匯率」。注意，此處 forward 作形容詞用。
3. L/C 是 a letter of credit 之縮寫，指「信用狀」。而 extension 為「延期」之意，irrevocable 則為「不可撤銷的」。

💡 關鍵詞彙

• **trial order**	試用訂單	• **rise**	走升
• **repeat order**	續購訂單	• **devaluation**	貶值 = depreciation
• **drop**	走跌 = fall	• **appreciation**	升值

財務知識 check!

D/P、D/A

在付款方式中，於運輸單據 (shipping documents) 到達時付款的方式，稱為 D/P (document against payment)，而延後付款的方式則叫 D/A (document against acceptance)。

Exercises

請依照中文語意，於空格中填入適當詞彙以完成英文句子。

① 假如你們的訂單超過 500 萬日圓，我們就會打九折。

We will give you a 10 percent (　　　) if your (　　　) (　　　) JPY five (　　　).

② 請把這份信用狀的到期日延長到 5 月 31 日。

Please (　　　) (　　　) (　　　) date of this (　　　) (　　　) May 31.

③ 由於美元匯率跌了 10%，我們公司蒙受了 1,000 萬美元的損失。

As the (　　　) (　　　) of the US dollar (　　　) by 10 percent, our company (　　　) a loss of US$ 10 (　　　).

Answers

① We will give you a 10 percent (**discount**) if your (**order**) (**exceeds**) JPY five (**million**).

② Please (**extend**) (**the**) (**expiration**) date of this (**L/C**) (**to**) May 31.

③ As the (**exchange**) (**rate**) of the US dollar (**dropped**) by 10 percent, our company (**suffered**) a loss of US$ 10 (**million**).

　　Notes a loss of ＋ 金額損失 ＝ 金額 ＋ loss

Useful Expressions

請在 (　　　) 中填入自己公司的數值資料，以完成介紹句。

我們去年出口的營收接近（　　　美元），比前一年增加了（　　　%）。

Our export revenue reached (US$　　　) last year, a (　　　percent) increase over the previous year.

第 **2** 章

81

13 銷售計畫

1. Divide the market into ...
把市場劃分為……

依照我們的市場區隔策略，我們把市場劃分為三個區塊：高階、中階、低階。

Based on our market segmentation strategy, we have **divided the market into** three segments; upper, middle and lower.

2. Market penetration ratio
市場滲透率

個人電腦在 1980 年代的市場滲透率雖然不到 10%，但到了 2000 年代後期便突然躍升到 80% 以上。

Although the **market penetration ratio** of personal computers was less than10 percent in the 1980s, it suddenly jumped to over 80 percent in the late 2000s.

3. Market coverage 市場覆蓋率

我們銷售人員的平均市場覆蓋率是 40%，我們應該想套新策略來把它提升到 60%。

The average **market coverage** of our salespersons is 40 percent, and we should think of our new strategy to increase it to 60 percent.

♠ 解說與延伸

1. market segmentation strategy 就是「市場區隔策略」，而 segment-action 為「切割、區隔」之意。

2. 1980 年代也可只用 the '80s 來表示。但請注意，欲表達「～年代」之意時，年代部分要使用複數，而且前面一定要加上 "the"。

☀ 關鍵詞彙

• **market share**　　市占率
• **tactics**　　戰術、對策
• **carpet bombing**　　密集強打（原本的意思是「地毯式轟炸」）

財務知識 check!

market penetration ratio（市場滲透率）

用來評估某種商品在市場上之滲透程度的標準。例如 PC 的市場滲透率為 80%，就表示包含潛在使用者的 100 人中，有 80 人擁有 PC。

Exercises

請依照中文語意，於空格中填入適當詞彙以完成英文句子。

① 我們的 A 產品在它的主要市場上，也就是高階區塊，擁有三成的占有率。

Our product A (　　　) (　　　) 30 percent (　　　) of its (　　　) (　　　), (　　　) (　　　) (　　　).

② 我們公司在 1990 年代大幅增加了銷售人員的數目，使市場覆蓋率提高到了六成。

We drastically increased the number of (　　　) in our company during the 1990s, increasing our (　　　) (　　　) (　　　) 60 percent.

③ 我們把廣告經費增加了一倍，使 B 產品的市場滲透率提高了一成。

We doubled our advertising expenditures, and increased (　　　) (　　　) (　　　) (　　　) of our product B by 10 percent.

Answers

① Our product A (**has**) (**a**) 30 percent (**share**) of its (**main**) (**market**), (**the**) (**upper**) (**segment**).

② We drastically increased the number of (**salespersons**) in our company during the 1990s, increasing our (**market**) (**coverage**) (**to**) 60 percent.

   Notes salesperson 銷售人員

③ We doubled our advertising expenditures, and increased (**the**) (**market**) (**penetration**) (**ratio**) of our product B by 10 percent.

Useful Expressions

請在（　　　）中填入自己公司的數值資料，以完成介紹句。

我們的產品，(　產品名　　　　)，在 1980 年代的市場滲透率低到 (　　%)，但到了 2000 年代便攀升到 (　　%)。

The market penetration ratio of our product, (　產品名　　　　　) , was as low as (　　percent) in the 1980s but rose to (　　percent) in the 2000s.

14 內部稽核

1. Operational efficiency
經營效率

> 內部稽核有一項重要的任務就是考核經營效率。
>
> One of the important missions of an internal audit is to check **operational efficiency**.

2. Discover concealed losses of ...
發現⋯⋯的隱藏虧損

> 最近的稽核作業的結果讓稽核人員發現了 1,000 萬日圓的隱藏虧損。
>
> The auditors **discovered concealed losses of** JPY 10 million as a result of recent audit operation.

3. Embezzlements of the company's funds, amounting to ...
公司的款項被盜用了達⋯⋯

> 去年內部稽核人員發現，公司的款項被盜用了達 100 萬美元。
>
> Last year internal auditors discovered **embezzlements of the company's funds, amounting to** US$ 1 million.

♠ 解說與延伸

1. mission 指「任務」。
2. audit operation 指「稽核作業」。
3. embezzlement 為「侵吞、盜用公款」之意，其動詞形為 embezzle。

關鍵詞彙

- **audit committee** 審計委員會
- **audit commissioner** 審計委員
- **statutory auditor** 法定監察人
- **audit document** 稽核文件
- **audit report** 稽核報告

財務知識 check!

audit（稽核）

分為 internal audit（內部稽核）和 external audit（外部稽核）兩種，後者由執業會計師進行。而稽核內容包括經營效率 (operational efficiency)、有效性與適切性 (adequacy)、合法性與適法性 (legality) 等。

Exercises

請依照中文語意，於空格中填入適當詞彙以完成英文句子。

① 美國有很多企業的審計委員會皆由外部董事組成。

Many US corporations have (　　　) (　　　) (　　　), (　　　) only (　　　) outside directors.

② 稽核人員考核經營效率。

Auditors (　　　) (　　　) (　　　) (　　　) (　　　).

③ 我們的員工去年盜用了公司 50 萬美元。

Our employees (　　　) US$ 500,000 from our company last year.

Answers

① Many US corporations have (**an**) (**audit**) (**committee**), (**consisting**) only (**of**) outside directors.

　Notes outside director　外部董事，類似台灣的獨立董事 (independent director)

② Auditors (**check**) (**the**) (**efficiency**) (**of**) (**operations**).

③ Our employees (**embezzled**) US$ 500,000 from our company last year.

Useful Expressions

請在（　　　）中填入自己公司的數值資料，以完成介紹句。

我們的稽核部門在（時期　　　）進行（次數　　　）大規模的稽核。

Our audit department conducts (次數　　　　) large-scale audits in (時期　　　).

15 智慧財產

1. Patent strategy earns the sum of ...
專利策略賺進……的金額

> 美國企業積極的專利策略光在去年就賺進了 2,000 億美元的金額。
>
> The aggressive **patent strategy** of US corporations **earned the sum of** US$ 200 billion last year alone.

2. Collect patent royalties
收取專利權利金

> 向開發中國家收取專利權利金十分困難,所以日本公司去年損失了好幾百萬美元。
>
> **Collecting patent royalties** from developing nations is so difficult that Japanese companies lost several million dollars last year.

3. A filing fee
申請費

> 如果要取得專利,你必須向專利局提出申請,並繳交申請費。
>
> In order to obtain a patent, you must file an application with the patent office and pay **a filing fee**.

♠ 解說與延伸

1. patent 也可作動詞使用,表示「取得專利權」之意。

2. 「開發中國家」可說成 developing country 或 developing nation。

3. file an application 就是「提出申請」之意。

☼ 關鍵詞彙

• **patent strategy**	專利策略	• **patent attorney**	專利律師
• **patent pending**	專利申請中	• **infringe a patent**	侵犯專利
• **the Patent Office**	專利局	• **expire a patent**	專利期滿

 財務知識 **check!**

royalty（權利金）

此詞彙原指古時國王所收取的租稅。而 royalty 後來也用於指稱為技術援助協議 (technical assistance agreement) 所支付的代價。注意，一般多用複數形 royalties 表示。

patent strategy（專利策略）

指盡快於全世界佈下專利網，使他人無法輕易使用該技術的策略。

Exercises

請將下列英文句子 (　) 內的部份做適當的「排列組合」，並在缺字的地方「補足詞彙」。

① 在 1990 年代期間，ABC 公司在世界各地所收取的權利金達到 1 億美元。

During the 1990s, ABC Inc. (worldwide　amounting　US$ 100　to　million royalties).

② 由於該項專利在 2025 年時將期滿，之後就沒有人必須支付權利金了。

As that patent will expire in 2025, no one will (after　to　pay　have　that).

③ ABC 公司的專利策略十分積極，因此他們每年都可收到巨額的專利權利金。

ABC Inc.'s (that　is　aggressive　patent　so) they receive a huge amount in patent royalties every year.

Answers

解答中畫線的部份是補足詞彙。

① During the 1990s, ABC Inc. (**collected royalties amounting to US$ 100 million worldwide**).

② As that patent will expire in 2025, no one will (**have to pay royalties after that**).

③ ABC Inc.'s (**patent strategy is so aggressive that**) they receive a huge amount in patent royalties every year.

　　Notes aggressive 積極的、進取的

Useful Expressions

請在（　　　）中填入自己公司的數值資料，以完成介紹句。

我們付給（　　　　　公司）（　　　　　金額）的技術權利金。

We pay (公司名　　　　　　　) (金額　　　　　) as a royalty for its technology.

第 2 章

 **Review**

請透過以下測驗，檢視你對本章內容的理解度。（解答請參考第 202 頁）

Part I 請寫出以下術語之中譯及其定義。

（**1**）production cost

中譯

定義

（**2**）capital intensive

中譯

定義

（**3**）lifetime employment system

中譯

定義

（**4**）long overdue accounts receivable

中譯

定義

（**5**）market penetration ratio

中譯

定義

Part II 請寫出與以下詞組意義相同的詞組。

（**1**）production output =

（**2**）manufacturing technology =

（**3**）plant capacity utilization =

（**4**）turnover rate =

（**5**）infringement of contract =

Part III 請依據中文語意，於空格中填入適當詞彙以完成英文句子。

（**1**）在今年的第三會計季度結束時，製成品存貨是 15 億日圓，比去年同期減少了 2 億日圓。

The (①   ) (②   ) was JPY 1.5 (③   ) at the end of the third fiscal quarter this year, a JPY 0.2 (④   ) (⑤   ) (⑥   ) (⑦   ) the same last year.

（**2**）我們今年的營收目標是 3 兆日圓，比前一年成長 10%，投資報酬率則為 7%。

Our (①   ) (②   ) for this year is JPY 3 (③   ), with a (④   ) (⑤   ) of 10 percent over the previous year, and (⑥   ) (⑦   ) of 7 percent.

（3）我們今年固定資產的折舊費用是 6 億日圓，使累計折舊達到了 40 億日圓。

Our (①   ) of (②   ) (③   ) amounts to JPY 600 million this year, (④   ) (⑤   ) an (⑥   ) (⑦   ) of JPY 4 billion.

（4）針對你們的違約，我們將求償 150 萬美元。

We will (①   ) US$ 1.5 million as (②   ) for your (③   ) (④   ) (⑤   ).

（5）本公司去年的研發費用為 30 億日圓，相當於稅後淨利的 5%。

We spent JPY 3 billion (①   ) (②   ) (③   ) expenses last year, (④   ) to 5 percent of (⑤   ) (⑥   ) (⑦   ).

Part IV 請依據中文語意，適當排序（   ）中的詞彙。

（1）我們的銷售有 30% 是賣給企業客戶，信用期間是 60 天。

Thirty percent of our sales (payment   60   terms   to   are   customers   of   days   corporate   credit   with).

（2）我們工廠最大的日產出量是 1,200 噸。

(daily   the   of   maximum   output   our   tons   1,200   plant   is).

（3）租車契約的有效期是二年。

(lease   years   for   valid   two   contract   is   the   vehicle).

（4）由於美元匯率跌了 7%，我們蒙受了 700 萬美元的損失。

(rate   exchange   dropped   7   as   the   dollar   percent   of   by   US), we suffered a loss of US$ 7 million.

（5）我們公司在 2000 年代大幅增加了銷售人員的規模，使市場覆蓋率提高到了 50%。

(① number   of   we   salespersons   increased   drastically   the) in our company during the 2000s, (② coverage   to   increasing   our   market) 50 percent.

（6）在 1990 年代期間，XYZ 公司從世界各地所收取的權利金達到了 5 億美元。

During the 1990s, (worldwide   amounting   US$ 500   royalties   collected million   XYZ   Corp.   to).

公司的決策機構

股東大會 (general meeting of shareholders [stockholders]) 是企業中最上層的決策機構 (decision-making body)。而股東可分為大股東 (major shareholders) 與小股東 (minor/minority shareholders)。

股東會的決議，是依據持有股數以多數決 (majority vote) 的方式決定。例如，贊成 125 股，反對 20 股，棄權 30 股的情況用英文表達便是：125 votes for，20 against，and 30 abstentions。另外股份又分為擁有投票權的普通股 (common stock) 和可優先獲發股利但不具投票權的特別股 (preferred stock 或 preference share)。只有優先股股東無法參與上述股東大會的表決。

股東大會之下有董事會議，而董事會成員 (directors of the board [board members]) 人數為奇數 (odd number)。這是因為，若為偶數 (even number)，就可能遇上贊成與反對票數相同 (tied vote) 而必須進行決勝投票 (tie-breaking vote) 的情況。

董事會議的開會通知 (notice of a meeting of the board of directors/notice of a board meeting) 會寫上日期、時間與地點等資訊，如 "The meeting will be held at 2 p.m., June 20, at Makuhari Messe."。

近來日本也很流行從所有權和經營權兩權分離 (separation between capital and management) 的觀點出發，採取由執行長 (operations officer/executive officer) 經營的模式。

第 **3** 章

說明公司業績、財務的數字

「企業業績」、「股票與債券」

　　公司業績的評價標準 (yardstick / measurement) 首重利潤 (profit)。依據最新理論（theory），公司宗旨在於為員工和社會服務 (social contribution)，且為利害關係人 (stakeholder) 所擁有。不過，在此我們將依循舊的理論。

　　為了產生利潤，先投入資本 (capital)，接著投入材料、勞動力，然後販賣產品，最後回收代價而實現一開始的利潤目標。在這過程中，需要各種具有不同功能的部門參與。與這些部門有關的數字、計算公式等，便將在本章的「企業業績」部分做介紹。

　　利潤的計算可簡化為：利潤 (profit) ＝ 收入 (revenue) － 銷貨成本 (cost of sales) － 銷售與管理費用 (selling and general administrative expenses，縮寫為 SGA expenses)。由此看來，增加收益、減低銷售成本、減低 SGA 等，就是增加利潤的方程式 (equation)。

　　另外，資本家則希望從投資效率 (investment efficiency) 的角度出發，以投資報酬率 (return on investment = ROI) 來評估獲利。而一般投資人則會依據股價水準 (level of share price in stock market)，以股利 (dividend)、殖利率 (yield) 等來評估。高層管理人員 (top management) 則以增加利潤為目標核定公司計畫 (corporate plan)，而為了實現公司計畫，各部門又分別有各自的執行計畫 (implementation plan)，若達成執行計畫目標才能獲得良好業績。接著就讓我們從這樣的觀點來學習與「企業業績」及「股票與債券」有關的英語表達吧。

Pre Test

　　在正式開始學習前，我們先來測試一下你對本章主題相關詞組及表達方式的理解程度如何。

1. 請寫出以下詞組所代表的意義。

- [ ] （1）　sales revenue　　　　　　　　（　　　　　　　　　　　）
- [ ] （2）　profit ratio　　　　　　　　　（　　　　　　　　　　　）
- [ ] （3）　recurring profit　　　　　　　（　　　　　　　　　　　）
- [ ] （4）　R&D expenses　　　　　　　　（　　　　　　　　　　　）
- [ ] （5）　inventory　　　　　　　　　　（　　　　　　　　　　　）
- [ ] （6）　bad debts　　　　　　　　　　（　　　　　　　　　　　）

- ☐ （7） capacity utilization （ ）
- ☐ （8） productivity （ ）
- ☐ （9） short-term liability ratio （ ）
- ☐ （10） equity ratio （ ）
- ☐ （11） sales and administrative cost （ ）
- ☐ （12） ROE （ ）
- ☐ （13） dividend （ ）
- ☐ （14） over-the-counter stock （ ）
- ☐ （15） corporate bonds （ ）

2. 請從（a）～（e）選出下列詞組所代表的正確意義。

- ☐ （1） gross profit ratio （ ）
- ☐ （2） inventory turnover ratio （ ）
- ☐ （3） goods-in-process （ ）
- ☐ （4） total market value （ ）
- ☐ （5） CP (= commercial paper) （ ）

（a） 企業為了籌措短期資金，而在金融市場中發行、買賣的一種本票
（b） 製造期間的產物，尚未準備出售的東西
（c） 一年內的銷量相當於庫存的幾倍，由年銷售額除以平均存貨求得
（d） 銷售額減去銷貨成本，再除以銷售額之比率
（e） 代表上市股票的規模大小

🔓 解答

1. （1）銷售額（2）獲利率（3）經常性獲利（4）研發費用（5）存貨（6）呆帳（7）產能利用率（8）生產力（9）短期負債比率（10）權益比率（11）銷售與管理費用（12）股東權益報酬率（13）股利（14）上櫃股票（15）公司債

2. （1）**d**（毛利率）（2）**c**（存貨周轉率）（3）**b**（在製品）（4）**e**（總市值）（5）**a**（商業本票）

「會計財務」、「稅務」

公司無法單獨存在於社會中,一定有各式各樣的利益相關者存在。其中特別重要的,就屬提供資金 (funds) 給公司的股東 (stockholder / shareholder) 及銀行 (bank) 等金融機構 (financial institution) 了。若無法從這些利益相關者身上獲得資金供給,公司就無法存活。而為了讓對方安心提供資金給公司,該怎麼做?對於銀行,公司必須持續經營不能破產 (bankrupt),且在利息 (interest) 的支付及本金 (original principal) 的還款能力 (repayment capacity) 方面也不能讓人有疑慮。

至於股東或可能成為潛在股東的一般投資人,除了不能讓股票 (certificate of stock [share]) 因破產而成為壁紙外,更要努力提高股利殖利率 (dividend yield)、提升股價,積極地替他們爭取利益才行。

那麼為了贏得股東及金融機構的信賴,一般公司可採取哪些具體行動?當然就是靠資產負債表 (balance sheet)*、損益表 (income statement)* 等財務報表 (financial statements) 資料了。舉例來說,朋友間若有金錢借貸,應是借錢給對方的人因為信賴認識多年的友人,所以才願意借錢。可是某間公司要向毫無瓜葛的銀行貸款 (loan) 時,銀行又是依據什麼來決定是否貸款?銀行一定會對貸方進行嚴格審查,而作為審查判斷資料的,就是公司所製作的各種財務報表〔當判斷過於輕率,便會造成不良貸款 (non-performing [bad] loans) 的問題〕。

另外,股東及一般投資人也會透過公司的各種財務報表,來判斷公司未來發展趨勢,並決定其投資 (investment) 意願,因此財務報表可說是連結公司與這些利益相關者最重要的媒介。

本章便以這樣的觀點,針對解讀財務報表時所需的各種指標與基礎知識,提供相關的英語表達方式。與此同時,讀者也將能學到一些基礎的會計知識。若您因此對會計產生了更深一層的興趣,那麼請務必參考相關專業書籍。

*註:台灣自 2013 年起全面採用國際財務報導準則 (IFRSs),資產負債表之英文名稱改為 Statement of Financial Position,意指財務狀況表。損益表名稱則改為綜合損益表 (Comprehensive Income Statement)。

Pre Test

在正式開始學習前，我們先來測試一下你對本章主題相關詞組及表達方式的理解程度如何。

1. 請寫出以下詞組所代表的意義。

- ☐（1）debit / credit （　　　　　　　）
- ☐（2）checking account （　　　　　　　）
- ☐（3）petty cash fund （　　　　　　　）
- ☐（4）default （　　　　　　　）
- ☐（5）notes （　　　　　　　）
- ☐（6）inventory （　　　　　　　）
- ☐（7）current assets （　　　　　　　）
- ☐（8）contingent liabilities （　　　　　　　）
- ☐（9）mortgage bonds （　　　　　　　）
- ☐（10）treasury stock （　　　　　　　）
- ☐（11）bond redemption （　　　　　　　）
- ☐（12）income statement （　　　　　　　）
- ☐（13）pension fund （　　　　　　　）
- ☐（14）net operating loss （　　　　　　　）
- ☐（15）deferred tax assets （　　　　　　　）

2. 請從（a）～（e）選出下列詞組所代表的正確意義。

- ☐（1）overdraft（　　）
- ☐（2）FIFO (First-In, First-Out)（　　）
- ☐（3）straight-line method（　　）
- ☐（4）authorized shares（　　）
- ☐（5）guarantee of indebtedness（　　）

> （a）一種以收購成本減去殘值，再除以使用年限的折舊計算方式
> （b）子公司違約不還款時，由母公司接手還款並擔保債權人之債權
> （c）一種以先購入的東西會先賣掉為基礎原則之存貨計算方式
> （d）依據公司章程所規定的可發行股數
> （e）與銀行簽訂某種契約協定，使帳戶在存款餘額不足的情況下仍可完成付款的系統

🔓 解答

1.（1）借方 / 貸方（2）支票存款帳戶（3）零用金（4）違約（5）票據（6）存貨（7）流動資產（8）或有負債（9）抵押公司債（10）庫藏股（11）贖回公司債（12）損益表（13）退休基金（14）淨營業損失（15）遞延所得稅資產

2.（1）**e**（透支）（2）**c**（先進先出法）（3）**a**（直線法）（4）**d**（核定股數）（5）**b**（債務擔保）

1. A X percent reduction compared with last year

跟去年比起來減少了 X%

> 跟去年比起來，我們今年的銷貨收入減少了一成。
>
> Our sales revenue this year resulted in **a** 10 **percent reduction compared with last year**.

2. The sales (amount) of A is X-fold that of B.

A 的銷售額是 B 的 X 倍

> 我們公司的銷售額是 B 公司的三倍。
>
> **The sales (amount) of** our company **is threefold** that of B Corporation.

3. Plummet to ... that of the previous year

驟減到去年的……

> 我們今年的銷貨收入驟減到只有去年的三分之一。
>
> Our sales revenue this year **plummeted to** only one-third **that of the previous year**.

🔺 解說與延伸

1. result in ... 是「導致～」之意，經常用來說明銷售數字等的變遷。而銷售額除了可用 sales revenue 外，還可用 amount of sales 或 sales amount 等說法。
2. that 可用來避免語句重複，這裡的 that 指的就是前面的 the sales amount。而「為去年的 10 倍」可說成 10 times as much as (that of) last year。
3. 這裡的 that 也是為了避免語句重複，指的是 our sales revenue。

💡 關鍵詞彙

• **sales**	營業額	• **sales target**	銷售目標
• **sales growth**	銷售成長	• **nosedive to**	暴跌
• **sales decline**	銷售衰退	• **performance**	業績／績效

財務知識 check!

salespeople/salesperson（銷售人員）

由於 salesman、salesgirl 這樣的詞彙有性別歧視的嫌疑，故近來很多人改用 salespeople（複數）或 salesperson（單數）。

Exercises

請依照中文語意，於空格中填入適當詞彙以完成英文句子。

① 我們的銷貨收入從 2018 年的 100 億日圓增加到今年的 133 億日圓，年增率是 10%。

Our (　　　) (　　　) increased to JPY 13.3 (　　　) this year from JPY 10 (　　　) in 2018, at an annual growth rate of 10 percent.

② 由於經濟衰退，ABC 公司的銷售額驟減到去年的一半左右。

The sales amount of ABC Inc. (　　　) to about (　　　) (　　　) last year due to the (　　　) slump.

③ 我們的銷售額是 XYZ 公司的三倍之多，但是他們的利潤遠高於我們。

Our sales amount was (　　　) (　　　) (　　　) (　　　) (　　　) XYZ Inc., but their profit was (　　　) (　　　) (　　　) ours.

Answers

① Our (**sales**) (**revenue**) increased to JPY 13.3 (**billion**) this year from JPY 10 (**billion**) in 2018, at an annual growth rate of 10 percent.

　Notes increased to A from B 從 B 增加到 A　at the annual growth rate of ... 年增率是……

② The sales amount of ABC Inc. (**plummeted**) to about (**half**) (**of**) last year due to the (**economic**) slump.

　Notes due to ... 由於……

③ Our sales amount was (**three**) (**times**) (**as**) (**much**) (**as**) XYZ Inc., but their profit was (**much**) (**larger**) (**than**) ours.

Useful Expressions

請在（　　　）中填入自己公司的數值資料，以完成介紹句。

我們在本會計年度的銷貨收入是（　　　台幣），比去年高了（　　%）。

Our sales revenue for this fiscal year showed (NT　　　), (　　percent) over last year.

2 企業業績 **獲利率**

1. Improve the profit ratio by X percent over last year
獲利率比去年進步了 X%

我們的獲利率比去年進步了 10%。

We **improved our profit ratio by** 10 **percent over last year**.

2. Have a larger profit margin than ...
純益率比……高

A 產品的純益率比 B 產品高 30%。

Product A **has a** 30 percent **larger profit margin than** Product B.

3. An improvement of X percentage point(s)
進步 X 個百分點

我們的經常性獲利率是 5%，進步了一個百分點。

Our recurring profit ratio is 5 percent, which is **an improvement of** 1 **percentage point**.

↟ 解說與延伸

1. 「獲利率」有 profit ratio、profit rate、rate of return 等說法。另外用 profit 或 income 亦可。

2. 純益率亦稱淨利率或直譯為邊際利潤率，「邊際利潤」也可用 mark-up。

3. recurring profit 是「經常性獲利」，而「進步了～個百分點」說成 an improvement of X percentage points，improvement 之前須加不定冠詞 an，請特別注意。

 關鍵詞彙

- **gross profit (ratio)** 毛利（率）
- **operating profit ratio** 營業利益率
- **operating profit** 營業利益
- **recurring profit ratio** 經常性獲利率
- **net profit** 淨利 = net income

🔍 財務知識 check!

gross profit（毛利）

即銷售額 (sales) 減去銷貨成本 (cost of sales) 所獲得的結果。

98

operating profit（營業利益）

將毛利減去銷售與管理費用 (SGA expenses) 所得的結果。

recurring profit（經常性獲利）

將營業利益加上營業外損益 (nonoperating profit and loss) 所得的結果。

 **Exercises**

請將下列英文句子 ( ) 內的部份做適當的「排列組合」，並在缺字的地方「補足詞彙」。

① 我們的營業利益率比去年進步了 20%，但由於營業外損失增加，使經常性獲利率衰減了 10%。

(profit　our　improved　20　percent　ratio　by　over) last year, but, due to increases in nonoperating losses, the (ratio　profit) deteriorated by 10 percent.

② 我們第三季的經常性獲利率是 10%，比第二季進步了兩個百分點。

(the　third　quarter　our　profit　ratio　in) was 10 percent, a 2 percentage point improvement over the second quarter.

③ 我們高階市場產品的純益率很高，但低階市場產品的純益率還不到一半。

Our products for the high-end market (margin　have　large), but those for the low-end market (than　margin　half　have　less).

🔓 Answers

解答中畫線的部份是補足詞彙。

① (**Our <u>operating</u> profit ratio improved by 20 percent over**) last year, but, due to increases in nonoperating losses, the (**<u>recurring</u> profit ratio**) deteriorated by 10 percent.
　　Notes nonoperating loss 營業外損失　deteriorate 衰減、惡化

② (**Our <u>recurring</u> profit ratio in the third quarter**) was 10 percent, a 2 percentage point improvement over the second quarter.　**Notes** a X percentage point improvement over ... 比……進步 X 個百分點

③ Our products for the high-end market (**have large <u>profit</u> margin**), but those for the low-end market (**have less than half <u>profit</u> margin**).

Useful Expressions

請在 (　　　) 中填入自己公司的數值資料，以完成介紹句。

我們去年的獲利率是 (　　%)，比 ABC 公司高了 (　　個) 百分點。

Our profit ratio last year was (　　　percent), (　　　) percentage points better than ABC Inc.

1. Reduce research and development expenses by X percent
減少 X% 的研發費用

> 與去年相比，我們應該減少 15% 的研發費用。
>
> We should **reduce research and development expenses by** 15 **percent** compared with last year.

2. In proportion to ...
成正比

> 新產品的開發數目跟研發投資與銷售額的比率成正比。
>
> The number of new products developed is **in proportion to** the ratio of R&D investment to sales.

↑ 解說與延伸

1.「研究與發展費用」也可說成 research and development spending 或 research and development expenditures。

2. R&D 為 Research & Development 的縮寫。另外 research and development investment（研究與發展投資）這個說法也很常用。

💡 關鍵詞彙

• **ratio of R&D expenses [expenditures] to sales**	研發費用對銷售額比
• **research laboratory**	研究室
• **A is in inverse proportion to B.**	A 跟 B 成反比
• **... is equivalent to X percent of sales**	相當於 X% 的營業額

🔍 財務知識 check!

ratio of R&D expenses [expenditures] to sales
（研發費用對銷售額比）

為將研究與發展費用除以銷售額所得的結果。若此金額很大，則可當做資本支出 (capital expenditure)，成為攤銷 (amortization) 的項目。

Exercises

請依照中文語意，於空格中填入適當詞彙以完成英文句子。

① 一般來說，日本公司在研發費用對銷售額比上，平均都比西方公司要高一點。

Generally speaking, the (　　　) (　　　) (　　　) (　　　) (　　　) to sales for Japanese companies is slightly higher than (　　　) of Western companies.

② 新產品開發力被認為是跟研發費用對銷售額比成正比。

New product development power is said to (　　　) (　　　) (　　　) (　　) (　　　) (　　　) (　　) (　　　) (　　) (　　　) expenses to sales.

Answers

① Generally speaking, the (**average**) (**ratio**) (**of**) (**R&D**) (**expenses**) to sales for Japanese companies is slightly higher than (**that**) of Western companies.

② New product development power is said to (**be**) (**in**) (**proportion**) (**to**) (**the**) (**ratio**) (**of**) (**research**) (**and**) (**development**) expenses to sales.

Useful Expressions

請在（　　）中填入自己公司的數值資料，以完成介紹句。

我們公司去年的研發費用是（　　　台幣），相當於（　　%）的營業額。

Our company's R&D expenses last year were (NT　　　　), which is equivalent to (　　percent) of sales.

第
3
章

101

1. Inventory turnover ratio is X times per year
存貨周轉率是每年 X 次

> 我們的存貨周轉率是每年三次。
>
> Our **inventory turnover ratio is** three **times per year**.

2. Increased from the equivalent of X days of supply to Y, an increase of Z days' supply
從相當於 X 天的供應量增加到 Y 天，增加了 Z 天的供應量

> 我們的存貨從相當於 38.5 天的供應量增加到 40 天，增加了 1.5 天的供應量。
>
> Our inventory **increased from the equivalent of** 38.5 **days of supply to** 40, **an increase of** 1.5 **days' supply**.

3. Improved by X percent to ... 改善了 X%，而來到……

> 我們的滯銷存貨改善了 30%，來到 10 億日圓的水準。
>
> Our dead stock has **improved by** 30 **percent to** the level of JPY 1 billion.

↑ 解說與延伸

1. 「存貨」除了用 inventory 外，也可用 stock。而 inventory turnover ratio 就是「存貨周轉率」。

2. ... days of supply 是指「可供應日數」，亦即以相當於一天的使用量做為單位計算。

 **關鍵詞彙**

- **bad stock / bad inventory**　滯銷存貨
- **finished-goods inventory**　製成品存貨
- **slow-moving inventory**　遲銷存貨
- **out of stock**　缺貨
- **stock-taking**　盤點 = inventory count

🔍 財務知識 check!

inventory turnover ratio（存貨周轉率）

一年內的銷量相當於庫存的幾倍，由年銷售額 (annual sales) 除以平均存貨 (average inventory) 求得。

Exercises

請將下列英文句子 ( ) 內的部份做適當的「排列組合」，並在缺字的地方「補足詞彙」。

① 一般來說，存貨周轉率不佳的企業獲利都不好。

Generally speaking, corporations (ratios　turnover　poor　inventory) make poor profits.

② 由於我們的存貨周轉率改善了 30%，使得我們的經常性獲利率提升了 40%，來到 30 億日圓。

As (ratio　our　improved　turnover　inventory) 30 percent, our recurring profit ratio increased (JPY 3　40　percent　billion　to).

③ 因為做了仔細的存貨管理，我們今年的存貨改善了約當五天的供應量。

Our inventory of this year (by　days　supply　improved　five　of) because of careful inventory management.

Answers

解答中畫線的部份是補足詞彙。

① Generally speaking, corporation (**with poor inventory turnover ratios**) make poor profits.
Notes make profit 獲利

② As (**our inventory turnover ratio improved by**) 30 percent, our recurring profit ratio increased (**by 40 percent to JPY 3 billion**).

③ Our inventory of this year (**improved by five days of supply equivalent**) because of careful inventory management.
Notes inventory management 存貨管理

Useful Expressions

請在 (　　　) 中填入自己公司的數值資料，以完成介紹句。

我們的製成品存貨是 (　　　台幣)，相當於 (　個月) 的營業額，我們必須把它縮減到一個月。

Our finished-goods inventory is (NT　　　　), equivalent to (　months) sales, and we must cut it down to one month.

1. X percent of our accounts receivable are bad debts
我們的應收帳款有 X% 是呆帳

> 去年我們的應收帳款有 5% 是呆帳。今年我們必須把它降到 2%。
>
> Five **percent of our accounts receivable were bad debts** last year. We must reduce them to 2 percent this year.

2. X months overdue　逾期 X 個月

> 應收帳款逾期三個月以上大概就收不回來了。
>
> Accounts receivable that are three **months or more overdue** are probably uncollectible.

3. Profit improves by X percent, reducing the ratio of bad debts to ... by Y percent　盈餘提升 X%，使呆帳與……比下降了 Y%

> 稅前盈餘提升了 5%，使呆帳與總應收款項比下降了 20%。
>
> **Profit** before tax **improved by** 5 **percent**, **reducing the ratio of bad debts to** total receivables **by** 20 **percent**.

⬆ 解說與延伸

1. 「呆帳」除了用 bad debts 外，也可用 doubtful accounts 或 non-performing debts 表示。注意，句首的數字不能用阿拉伯數字，要把字拼出來（spell out）。另外「應收帳款」說成 accounts receivable，但也可只用 receivables 一個字。
2. 「～以上」且包含該數值的時候，用 or more 表示；「～以下」則用 or less。而 uncollectible 為「收不回來」之意，也可用 unrecoverable。
3. profit before tax 是指「稅前盈餘」，縮寫為 PBT。

💡 關鍵詞彙

- **payment due date**　付款截止日 = the payment deadline
- **bad-debt disposal**　處分呆帳
- **write-off**　沖銷

財務知識 check!

bad debt ratio（呆帳率）

商品賣得再好，若應收帳款收不到，就無法獲利。因此，盡量減少呆帳率（通常是相對於總應收帳款金額），就能增加利潤。

Exercises

請依照中文語意，於空格中填入適當詞彙以完成英文句子。

① 我們的應收帳款大約有三成逾期，其中約有兩成會成為呆帳。

About 30 percent of our (　　　) (　　　) (　　　) (　　　), of which about 20 percent are (　　　) accounts.

② 我們的呆帳對總應收帳款比是 5%，遠高於產業平均值。

Our (　　　) (　　　) (　　　) (　　　) (　　　) (　　　) (　　　) (　　　) is 5 percent, which is substantially higher than the industry average.

③ 我們設法減少了兩成的呆帳，因而產生了 1,000 萬日圓的額外獲利。

We were able to (　　　) (　　　) accounts (　　　) (　　　) 20 percent, which (　　　) an additional profit of JPY 10 million.

Answers

① About 30 percent of our (**accounts**) (**receivable**) (**are**) (**overdue**), of which about 20 percent are (**doubtful**) accounts.

② Our (**ratio**) (**of**) (**bad**) (**debts**) (**to**) (**total**) (**accounts**) (**receivable**) is 5 percent, which is substantially higher than the industry average.

Notes substantially 大幅　industry average 產業平均值

③ We were able to (**reduce**) (**doubtful**) accounts (**receivable**) (**by**) 20 percent, which (**contributed**) an additional profit of JPY 10 million.　**Notes** additional profit 額外獲利

Useful Expressions

請在（　　）中填入自己公司的數值資料，以完成介紹句。

我們的呆帳去年逼近了（　　台幣）的龐大金額，但是今年將因為我們的改善計畫而降到（　　台幣）。

Our bad debts reached the substantial amount of (NT　　) last year, but they will be reduced to (NT　　) this year, due to our improvement plan.

1. Production volume surges to X fold that of last year
產量激增到去年的 X 倍

> 我們公司今年的產量激增到去年的兩倍。
>
> Our company's **production volume** this year **surged to twofold that of last year**.

2. Is running at X percent capacity 產能利用率是 X%

> 我們廠的產能利用率是 70%。
>
> Our mill **is running at** 70 **percent capacity**.

3. Increase ... turnover ratio by X percent
將……周轉率提高 X%

> 我們必須把在製品周轉率提高 20%。
>
> We must **increase** our goods-in-process **turnover ratio by** 20 **percent**.

↑ 解說與延伸

1. twofold that of ... 就是「～的 2 倍」,同義說法還有 become twice as much as ...。而「激增」也可用 increase rapidly 來表達。

2. 「工廠」除了用 factory、plant 外,有時也說成 mill,不過 mill 多半指紙張、纖維、鋼鐵等的製造工廠。

3. goods-in-process 指「在製品」。goods-in-process turnover ratio 則為「在製品周轉率」。

🔅 關鍵詞彙

- **production output** 產出
- **finished goods** 製成品
- **half-finished goods** 半成品

財務知識 check!

goods-in-process(在製品)、**half-finished goods**(半成品)

「在製品」是指製造期間的產物，尚未準備出售的東西。而「半成品」則是成為產品（成品）前，介於中間階段的東西，為已可販賣的狀態。

goods-in-process turnover ratio（在製品周轉率）

可用銷售淨額 (net sales) 除以 goods-in-process（在製品）金額的公式求得。此周轉率數字越大，表示效率越高。

✎ Exercises

請依照中文語意，於空格中填入適當詞彙以完成英文句子。

① A 產品今年的產量來到了每月一萬個，比去年多了一成。

（　　）（　　）（　　）of product A this year（　　）10,000 units per month, a 10 percent increase over last year.

② 由於最近經濟衰退，我們工廠的產能利用率從平常的 90% 下滑到 75%。

（　　）（　　）the recent（　　）（　　）, our plant（　　）（　　）has come down to 75 percent from the usual 90 percent.

③ 過去五年來，我們的在製品周轉率持續在改善中。

Our（　　）（　　）（　　）has been steadily（　　）（　　）the past five years.

🔓 Answers

① (The) (production) (volume) of product A this year (reached) 10,000 units per month, a 10 percent increase over last year. **Notes** ... units per month　每月……個

② (Due) (to) the recent (economic) (slump), our plant (capacity) (utilization) has come down to 75 percent from the usual 90 percent. **Notes** come down to ...　下滑到……　the usual ....　平常的……

③ Our (goods-in-process) (turnover) (ratio) has been steadily (improving) (for) the past five years. **Notes** steadily　持續地

Useful Expressions

請在（　　）中填入自己公司的數值資料，以完成介紹句。

我們每個月可製造（　單位　）的（　商品名　　　），工廠的產能利用率是（　%　）。

We manufacture (　　　units) of (　　　　　　　) monthly at a plant capacity utilization of (　　percent).

1. Annual production output per employee amounts to ...
每位員工創造的年產出可達……

> 我們每位員工創造的年產出可達 3,000 萬日圓。
>
> Our **annual production output per employee amounts to** JPY 30 million.

2. X percent higher than Y 比 Y 高了 X%

> 我們每位員工貢獻的營業利益是 1,000 萬日圓，比 ABC 公司高了 20%。
>
> Our operating profit per employee is JPY 10 million, which is 20 **percent higher than** that of ABC Inc.

3. Productivity has improved by X percent over last year
生產力較去年提升了 X%

> 最新的附加價值分析顯示，我們的勞動生產力比去年提升了 20%。
>
> The latest value-added analysis shows our labor **productivity has improved by** 20 **percent over last year**.

✦ 解說與延伸

1. annual production output 是指「年產出」。amount to ... 表示「達到（～的金額、量）」之意，而用 reach 也可表達相同意義。

2. operating profit per employee 為「每位員工貢獻的營業利益」。

3. value-added analysis 是「附加價值分析」，而 labor productivity 指「勞動生產力」。

關鍵詞彙

- **manufacturing efficiency / production efficiency** 生產效率
- **surge in productivity** 生產力大增
- **value of production** 產值
- **value-added tax** 加值稅 = VAT
- **sales volume** 銷售量
- **value-added productivity** 附加價值生產力

 財務知識 check!

labor productivity（勞動生產力）

指產出與勞動時間的比率，為代表經濟活動效率的生產力指數 (productivity index) 之一。其他生產力指數還包括由資本額除以勞動力數量而得的勞動設備率 (labor equipment ratio) 等。

Exercises

請將下列英文句子 ( ) 內的部份做適當的「排列組合」，並在缺字的地方「補足詞彙」。

① 我們每位員工創造的年產出，過去 10 年的年成長超過了 5%。

(employee production per our annual) has shown more than 5 percent annual growth for the past 10 years.

② 我們每位員工貢獻的年營收是一億日圓，恰為產業平均水準。

(per employee our annual) is JPY 100 million, which is average for the industry.

③ 我們的勞動生產力非常低，所以我們的產品售價總是比競爭對手高一成。

(low product prices so our that our labor is) are always 10 percent higher than our competitors'.

Answers

解答中畫線的部份是補足詞彙。

① (**Our annual production <u>output</u> per employee**) has shown more than 5 percent annual growth for the past 10 years.

　　Notes at the annual growth rate of ... 年成長率是……

② (**Our annual <u>revenue</u> per employee**) is JPY 100 million, which is average for the industry.

③ (**Our labor <u>productivity</u> is so low that our product prices**) are always 10 percent higher than our competitors'.

Useful Expressions

請在（　　　）中填入自己公司的數值資料，以完成介紹句。

我們每位員工貢獻的年淨利是（　　　　　台幣），比（　　年前）大幅下滑。

Our annual net income per employee is (NT　　　　　), which is a substantial drop compared with (　　years ago).

1. Deteriorated to X percent, which is Y percentage points lower than ... 惡化到 X%，比……低了 Y 個百分點

我們的流動比率惡化到 120%，比去年低了 30 個百分點。

Our current ratio **deteriorated to** 120 **percent, which is** 30 **percentage points lower than** last year.

2. When short-term liquidity ratio goes lower than X percent, ... 當短期流動性比率低於 X% 時，……

當短期流動性比率低於 100% 時，公司的財務狀況就會被認為危險。

When short-term liquidity ratio goes lower than 100 **percent**, the financial condition of the company is considered dangerous.

3. The higher the quick ratio is, the + 比較級 速動比率愈高，……就會愈……

速動比率愈高，公司償付流動負債的能力就會變得愈強。

The higher the quick ratio is, the higher the company's ability to pay current liabilities becomes.

♠ 解說與延伸

1. current ratio 是「流動比率」，而「惡化」也可說成 become [get] worse。

2. short-term liquidity ratio 是「短期流動性比率」，而 financial condition 則指「財務狀況」。

關鍵詞彙

- **quick assets** 速動資產
- **current assets** 流動資產
- **financial operations** 財務操作
- **current liabilities** 流動負債
- **acid-test ratio / quick ratio** 酸性測試比率 / 速動比率
- **solvency** 償債能力

 財務知識 check!

short-term liquidity ratio（短期流動性比率）
為將速動資產除以流動負債所得之百分比值。速動資產包括現金、銀行存款及應收帳款，故短期流動性比率若為 100% 以上，就表示 1 年內足以償付應償還的流動負債。

current ratio（流動比率）
流動資產指速動資產加上存貨，而因為無法確定存貨是否能在 1 年內賣完，因此，流動比率應為 200% 左右。

Exercises

請依照中文語意，於空格中填入適當詞彙以完成英文句子。

① 被視為財務健全的公司流動比率會超過 150%。

　　Companies considered financially secure have (　　　) (　　　) (　　　)
　　(　　　) 150 percent.

② 短期流動性比率可顯示公司能夠償還該比率的債務而不會危及它的財務操作。

　　(　　　) (　　　) (　　　) (　　　) indicates what percentage of its debts a
　　company can pay back without jeopardizing its (　　　) (　　　).

③ 速動比率愈高，公司的財務狀況就會變得愈安全。

　　(　　　) (　　　) the quick ratio is, (　　　) (　　　) the company's
　　financial position becomes.

Answers

① Companies considered financially secure have (**current**) (**ratio**) (**of**) (**over**) 150 percent.
　　Notes financially secure 財務健全
② (**The**) (**short-term**) (**liquidity**) (**ratio**) indicates what percentage of its debts a company can pay
　　back without jeopardizing its (**financial**) (**operations**).
　　Notes jeopardize 危及　financial operations = financial stability
③ (**The**) (**higher**) the quick ratio is, (**the**) (**safer**) the company's financial position becomes.

Useful Expressions

請在 (　　　) 中填入自己公司的數值資料，以完成介紹句。

我們的流動資產是（台幣），流動負債是（台幣），所以流動比率是（ %）。

Our current assets are (NT　　　) and current liabilities are (NT　　　　　),
so our current ratio is (　　percent).

111

1. Equity ratio should exceed X percent　權益比率應該要超過 X%

公司的權益比率應該要超過 30%，才能算是體質優良。

To be deemed as in good standing, a company's **equity ratio should exceed** 30 **percent**.

2. The minimum requirement is an equity ratio of X percent
最低門檻是權益比率必須達到 X%

公開發行的最低門檻是權益比率必須達到 30% 以上。

The minimum requirement for going public **is an equity ratio of** 30 **percent** or more.

3. Our equity ratio deteriorated from X percent to Y percent
我們的權益比率從 X% 惡化到 Y%

在過去三年間，我們的權益比率從 30% 惡化到 20%。

Our equity ratio has deteriorated from 30 **percent to** 20 **percent** over the past three years.

🔼 解說與延伸

1. 「權益比率」可說成 equity ratio 或 capital-asset ratio。exceed 表示「超越～、凌駕～」。另外，good-standing company 指「優質企業」，也可說成 quality company、excellent company。

2. 請注意，表「最低限度～」之意的 minimum 之前通常都須加上定冠詞 the。要表「最大限度～」則用 maximum。另外，go public 指「公開發行」，也可用「上市」(list) 表達同樣意義。

🔑 關鍵詞彙

- **blue chip** 藍籌股、績優股
- **blue chip firm [company]** 績優公司
- **highly-leveraged company** 高槓桿公司
- **Basel Capital Accord / capital adequacy requirements**
  巴賽爾資本協定 / 資本適足率規範

equity ratio / capital-asset ratio（權益比率）

為財務健全性指標之一，以（股東權益÷資本總額）×100%的公式計算而得。其中的股東權益，是由資本和資本公積等所構成的淨資產〔以資產總額減去借入資本（＝負債）而得〕。這個比率值愈高，就表示企業的財務體質愈健全。

Exercises

請將下列英文句子（ ）內的部份做適當的「排列組合」，並在缺字的地方「補足詞彙」。

① 我們的權益比率大有改善，從 10 年前的 15% 上升到 35%。

(improved equity greatly ratio our has rising) 35 percent from 15 percent of 10 years ago.

② ABC 公司的權益比率是 35%，比產業平均 25% 高了 10 個百分點。

(ABC Inc. which equity 35 percent ratio of is) 10 points above the industry average of 25 percent.

③ 由於近來我們大舉借貸從事資本投資，權益比率因此從 25% 惡化到了 15%。

(equity our ratio) from 25 percent to 15 percent due to the recent large loans taken out for capital investments.

Answers

解答中畫線的部份是補足詞彙。

① (**Our equity ratio has greatly improved, rising to**) 35 percent from 15 percent of 10 years ago.

② (**Equity ratio of ABC Inc. is 35 percent, which is**) 10 points above the industry average of 25 percent. **Notes** above the industry average of ... 比業界平均值……高

③ (**Our equity ratio deteriorated**) from 25 percent to 15 percent due to the recent large loans taken out for capital investments.
Notes large loans 大筆貸款

Useful Expressions

請在（　　）中填入自己公司的數值資料，以完成介紹句。

我們的權益比率是（　　%），跟日本企業的平均值差不多。

Our equity ratio stands at (percent), which is about average for Japanese corporations.

10 企業業績 人事成本、銷售與管理費用

1. Personnel costs are part of ... 人事成本是……的一部分

> 人事成本是銷售與管理費用的一部分。
>
> **Personnel costs are part of** sales and general administrative expenses.

2. Reduce general and administrative expenses by X percent
將管理費用削減 X%

> 由於我們預期獲利會短缺 1,000 萬日圓，因此必須把管理費用削減 10%。
>
> Because we expect a JPY 10 million profit shortfall, we must **reduce** our **general and administrative expenses by** 10 **percent**.

3. Should be within the range of X to Y percent of ...
應該要維持在……X% 到 Y% 的範圍內

> 我們的銷售與管理費用應該要維持在營業額的 35% 到 40% 的範圍內。
>
> Our sales and general administrative expenses **should be within the range of** 35 **to** 40 **percent of** sales.

✦ 解說與延伸

1. 「是～的一部分」也可用 constitute part of ... 來表達。「人事成本」一般用 personnel costs [expenses]，而 labor costs [expenses] 是指在工廠等處實地工作者的人事成本。

2. profit shortfall 是指「獲利短缺」。「削減」也可用 cut 來表達，而 general administrative expenses 為「管理費用」，也常說成 administrative expenses。

💡 關鍵詞彙

- **advertising expenses** 廣告費用
- **operating cost [expenses]** 營業成本〔費用〕

🔍 財務知識 check!

sales and general administrative expenses（銷售與管理費用）
指廣告費用、行銷費用、分銷費用（運輸費、倉儲費）等與銷售有關的支出，以及與總務、會計等幕僚部門有關的行政管理費用。

Exercises

請依照中文語意，於空格中填入適當詞彙以完成英文句子。

① 我們的營收有 50% 左右花在銷售與管理費用上，而人事成本大概就占了一半。

About 50 percent of our sales revenue is taken by (　　　) (　　　)
(　　　) (　　　) (　　　), about half of which is (　　　) (　　　).

② 我們在營運上必須進一步削減銷售成本，少說要達到 20%。

Further reduction of (　　　) (　　　) is a must for our operations, say a
(　　　) of 20 percent.

③ 我們的人事成本太高了。我們應該要把它降到營業額 20% 到 25% 的範圍內。

Our (　　　) (　　　) are too high. We should (　　　) them to a (　　　)
(　　　) 20 to 25 percent of our sales.

Answers

① About 50 percent of our sales revenue is taken by (**sales**) (**and**) (**general**) (**administrative**)
(**expenses**), about half of which is (**personnel**) (**costs**).

② Further reduction of (**selling**) (**costs**) is a must for our operations, say a (**minimum**) of 20 percent.

　Notes further reduction 進一步削減　must 必要之事物

③ Our (**personnel**) (**costs**) are too high. We should (**reduce**) them to a (**range**) (**of**) 20 to 25 percent
of our sales.

Useful Expressions

請在（　　）中填入自己公司的數值資料，以完成介紹句。

我們的銷售與管理費用占了營業額的（　　%）到（　　%），人事成本則占了
（　　%）到（　　%）。

Our sales and general administrative expenses are between (　　　) and
(　percent) of sales, and personnel costs between (　　　) and (　percent) of
sales.

EBITDA、現金流量、股東權益報酬率

1. Achieve an EBITDA ratio of X percent as against ...

EBITDA 比率達到⋯⋯的 X%

> 我們的主要銀行要求我們 EBITDA 的比率要達到營收的 10%。
>
> Our main bank is urging us to **achieve an EBITDA ratio of** 10 **percent as against** revenue.

2. Submit cash flow statement to (someone) by ...

在⋯⋯之前向（某人）提報現金流量表

> 我們必須在本月 20 日之前向管理高層提報現金流量表。
>
> We must **submit** our **cash flow statement to top management by** 20th this month.

3. Unless ROE is a minimum of X percent, ...

除非股東權益報酬率最少有 X%，⋯⋯

> 除非股東權益報酬率最少有 10%，否則投資人對這家公司就不會有興趣。
>
> **Unless ROE is a minimum of** 10 **percent**, investors will have no interest in this company.

↟ 解說與延伸

1. EBITDA 為 earnings before interest, tax depreciation and amortization 之縮寫，即「未扣除利息、所得稅、折舊與攤銷前之獲利」，稱之「稅前息前折舊攤銷前盈餘」。而使用這類縮寫字時，一定要加上冠詞。另外，「主要銀行」就說成 main bank。

3. a minimum of X percent 是「至少有 X%」之意。請注意在 mininum 前面須加上不定冠詞 a。

⋅🔆⋅ 關鍵詞彙

- **ROE** (= return on equity)　　　　股東權益報酬率
- **ROA** (= return on assets)　　　　資產報酬率
- **ROI** (= return on investment)　　投資報酬率

 財務知識 **check!**

EBITDA（稅前息前折舊攤銷前盈餘）

代表企業立即可用之資金量指標，可說是以往常用之現金流量的變形。

ROE（股東權益報酬率）、**ROA**（資產報酬率）

代表企業獲利能力的指標。ROE 是將企業的稅後淨利（淨獲利）除以資本資產（股東權益）而求得，此數值愈高，就表示企業愈能有效運用股東的資本來獲利。另一方面，ROA 則為稅後淨利除以資產總額之值，可用來評估各事業部門。

Exercises

請依照中文語意，於空格中填入適當詞彙以完成英文句子。

① 該投資集團在尋找股東權益報酬率達到 10% 以上的公司。

The investment group is looking for (　　　) (　　　) (　　　) (　　　)
(　　　) 10 percent or (　　　).

② 請在本週末之前把現金流量表準備好，這樣我才能向副總裁提報。

Please prepare (　　) (　　) (　　) (　　) (　　) (　　)
(　　) (　　　) this week, so that I can submit it to our vice-president.

③ 銀行要我們把 EBITDA 比率提升到營業額的 10%。

We were asked by the bank (　　) (　　) (　　) (　　) (　　)
(　　) 10 percent of sales.

Answers

① The investment group is looking for (**companies**) (**with**) (**an**) (**ROE**) (**of**) 10 percent or (**more**).
Notes investment group 投資集團

② Please prepare (**the**) (**cash**) (**flow**) (**statement**) (**by**) (**the**) (**end**) (**of**) this week, so that I can submit it to our vice-president.

③ We were asked by the bank (**to**) (**improve**) (**our**) (**EBITDA**) (**ratio**) (**to**) 10 percent of sales.

Useful Expressions

請在（　　　）中填入自己公司的數值資料，以完成介紹句。

我們的股東權益報酬率是（　　%），比日本產業平均值高了（　百分點），但是比美國公司的平均值低了（　百分點）。

Our ROE is (　　percent), which is (　　percentage points) higher than the Japanese industry average, but is (　　percentage points) lower than the US company average.

1. An entry is made debiting X and crediting Y
分錄係將 X 記入借方、把 Y 記入貸方

> 當應收帳款無法回收時，就要把備抵壞帳記入借方、把應收帳款記入貸方。
>
> When an accounts receivable becomes uncollectible, **an entry is made debiting** allowance for doubtful accounts **and crediting** accounts receivable.

2. The short-term borrowing account has a balance of ...
短期借款有……的餘額

> 2010 年 12 月 31 日時，XYZ 公司的短期借款的餘額有 50 萬美元。
>
> On December 31, 2010, **the short-term borrowing account** of XYZ Inc. **has a balance of** US$ 500,000.

✦ 解說與延伸

1. 欲表達「分別記入～」之意時，也可用公司為主詞，採取 make an entry debiting ... and crediting 這種句型。其中「借方」用 debit，「貸方」就用 credit。另外，allowance for doubtful accounts 指「備抵壞帳」；accounts receivable 是「應收帳款」；而 uncollectible 則是「收不到」的意思，也可用 unrecoverable 表示。

2.「有～的餘額」也可用 show a balance of ... 表達

☼ 關鍵詞彙

• bookkeeping	簿記	• liability	負債
• balance sheet	資產負債表	• capital	資本
• assets	資產		

🔍 財務知識 check!

bookkeeping（簿記）

首先將資產、負債、資本，以及收入、支出等資產負債表、損益表的構成要素，依據一定的登記規則，針對每筆交易分別記入借方、貸方。借方寫在左側，貸方寫在右側。以資產負債表來說，須記入借方的項目包括資產的增加與負債、資本的減少；而就損益表來說，則須記入產生的費用與收入的減少。貸方則相反。

Exercises

請依照中文語意，於空格中填入適當詞彙以完成英文句子。

① 有一分錄將應收帳款 40 美元記入借方，同時把銷貨收入 40 美元記入貸方。

An (   ) is (   ) (   ) accounts receivable and (   ) sales
(   ) US$ 40.

② 2010 年 3 月 31 日時，我們的短期借款的餘額有 100 萬美元。

On March 31, 2010, our (   ) (   ) (   ) (   ) (   )
(   ) of US$ 1 million.

③ 2010 年 12 月 31 日時，我們的應收帳款的餘額有 300 萬美元。

We (   ) (   ) (   ) (   ) US$ 3 million in (   ) (   )
on December 31, 2010.

Answers

① An (**entry**) is (**made**) (**debiting**) accounts receivable and (**crediting**) sales (**for**) US$ 40.

② On March 31, 2010, our (**short-term**) (**borrowing**) (**account**) (**showed**) (**a**) (**balance**) of US$ 1 million.

③ We (**had**) (**a**) (**balance**) (**of**) US$ 3 million in (**accounts**) (**receivable**) on December 31, 2010.

Useful Expressions

請在 (   ) 中填入自己公司的數值資料，以完成介紹句。

2010 年 3 月 31 日時，我們的應收票據帳款的餘額有 (台幣)。

On March 31, 2010, our notes receivable account had a balance of (NT   ).

1. Withdraw ... from the checking account

從支票存款帳戶中提領……

我們從支票存款帳戶裡提領了 100 萬美元。

We **withdrew** US$ 1 million **from our checking account**.

2. A check was NSF (not-sufficient-funds).

支票因存款不足退票了

ABC 公司所開的 50 萬美元支票因存款不足退票了。

A US$ 500,000 **check** received from ABC Inc. **was NSF**.

3. Deposit ... in the bank

在銀行存入……

我們在 ABC 銀行存入了 10 萬美元。

We **deposited** US$ 100,000 **in ABC Bank**.

♠ 解說與延伸

1. 「從帳戶提領」用 withdraw，而「支票存款帳戶」就是 checking account。

2. 支票存款不足退票除了用 be NSF (not-sufficient-funds) 外，也可用 bounce。

3. deposit in the bank 是指「將……存入銀行」，而 make a deposit of ... 也可表達相同意義。亦即將 deposit 作名詞使用。

關鍵詞彙

• draw a check	開支票	• drawer	開票人
• drawee	受票人（銀行）	• savings account	儲蓄帳戶
• payee	受款人	• payer	付款人

 財務知識 check!

payment and check（付款及開票）

公司除了每天的小額付款外，一般還會在銀行開設支票帳戶以便使用支票付款。收到支票的一方（領款人）須自行帶著支票至銀行收取款項。而此銀行則會將該支票拿到開票人支票存款帳戶所屬銀

行，從該帳戶取得所需款項。如此，銀行間的付款處理便告完成。若開票人的存款餘額不足，支票就會跳票，在被蓋上 NSF 的標記後，退回給領款人，表示付款失敗。但另與銀行簽有透支契約者不在此限（詳見下一課）。

Exercises

請將下列英文句子（　）內的部份做適當的「排列組合」，並在缺字的地方「補足詞彙」。

① 我們從支票存款帳戶裡提領了 500 美元，以設立零用金。

We (from　account　the　US$ 500　checking) to establish the petty cash fund.

② XYZ 公司為了支付部分貨款所開的 300 美元支票因存款不足退票了。

A US$ 300 check received from XYZ Inc. as payment (bounced　a　account for　on).

③ 我們在 XYZ 銀行存入了 20 萬美元。

We (a　US$ 200,000　made　of) in XYZ Bank.

Answers

解答中畫線的部份是補足詞彙。

① We (**withdrew US$ 500 from the checking account**) to establish the petty cash fund.
　Notes establish the petty cash fund　設立零用金

② A US$ 300 check received from XYZ Inc. as payment (**for a sale on account bounced**).
　Notes on account　以分期支付之方式

③ We (**made a deposit of US$ 200,000**) in XYZ Bank.

Useful Expressions

請在（　　）中填入自己公司的數值資料，以完成介紹句。

（公司名　　　　）為了支付部分貨款所開的（　　　台幣）支票因存款不足退票了。

A (NT　　　) check received from (公司名　　　　) as payment for a sale on account bounced.

3 會計財務 現金存款（2）其他

1. Enter into an overdraft agreement in the amount of ...
簽署金額為……的透支協定

> 我們和 ABC 銀行簽署了金額為 10 萬美元的透支協定。
>
> We **entered into an overdraft agreement** with ABC bank **in the amount of** US$ 100,000.

2. Establish a petty cash fund of ...
設立……的零用金

> 我們設立了 300 美元的零用金。
>
> We **established a petty cash fund of** US$ 300.

🔺 解說與延伸

1. enter into 在此為「簽署（契約）」之意，而 overdraft agreement 指「透支協定」。另外，in the amount of US$ ... 指「金額為……美元」。

2. establish 在此指「在銀行等處開設（帳戶）」之意，而 petty cash 是指「零用錢」、「零用金」。

關鍵詞彙

- **replenish**　　　　　撥補（零用金）
- **bank transfer**　　　銀行轉帳
- **interest**　　　　　　利息
- **bank reconciliation**　銀行往來調節表

🔍 財務知識 check!

overdraft agreement（透支協定）
指與銀行簽訂之契約協定，使帳戶在存款餘額不足的情況下仍可完成付款。例如，以可透支 2,000 美元的支票存款帳戶來說，即使支票金額超過存款餘額，只要該金額在 2,000 美元以下，就能完成付款。而在同一間銀行擁有多個支票存款帳戶者，期末時透支金額會與存款餘額為正數的各帳戶相抵消，若最後整體存款為負數，便會成為短期借款。

petty cash fund（零用金）
一般來說，企業間的交易會以 1 週或 1 個月為單位，而企業會事先設定固定金額的零用金，平常

的小額支出就都由此零用金來支付。例如，若 1 週的設定額為 1,000 美元，當 1 週的支出只有 800 美元時，週末的存款金額就是 200 美元，於是隔週一開始再撥補 800 美元進去。

Exercises

請依照中文語意，於空格中填入適當詞彙以完成英文句子。

① 我們和 X 銀行簽署了金額為 20 萬美元的透支協定。

We (　　) (　　) (　　) (　　) (　　　) with X bank in the amount of US$ 200,000.

② 我們設立了 200 美元的零用金。

We (　　) (　　) (　　) (　　) (　　) (　　　) US$ 200.

Answers

① We (**entered**) (**into**) (**an**) (**overdraft**) (**agreement**) with X bank in the amount of US$ 200,000.

② We (**establish**) (**a**) (**petty**) (**cash**) (**fund**) (**of**) US$ 200.

Useful Expressions

請在（　　　）中填入自己公司的數值資料，以完成介紹句。

我們和（　　　　銀行）簽署了金額是（　　　　台幣）的透支協定。

We have entered into an overdraft agreement with (　　　　bank) in the amount of (NT　　　　).

4 會計財務 **應收帳款（1）備抵壞帳**

1. X percent of accounts receivable becomes uncollectible
應收帳款有 X% 無法回收

> 我們估計，應收帳款總額大概會有 5% 無法回收。
>
> We estimate about 5 **percent of** gross **accounts receivable** will **become uncollectible**.

2. Write off bad debts
沖銷呆帳

> 金額達 50 萬美元的呆帳以備抵壞帳沖銷了。
>
> **Bad debts** amounting to US$ 500,000 **were written off** against the allowance for doubtful accounts.

♠ 解說與延伸

1. gross accounts receivable 是指「應收帳款總額」。另外，「收取帳款」動詞用 collect。
2. allowance for doubtful accounts 為「備抵壞帳」，write off ... against A 則是指「利用 A 將⋯⋯沖銷」之意。

 關鍵詞彙

- **bad debt expense**　　呆帳費用
- **default**　　　　　　違約
- **write off**　　　　　（應收帳款等的）沖銷

🔍 財務知識 check!

bad debt expense（呆帳費用）
由於現在的商業活動都採取信用交易形式，故會產生應收帳款。可是一旦交易對象破產，應收帳款就可能全都收不回來，因此會在產生應收帳款時就先預測可能收不到的金額，而這些可能收不到的金額合計就叫做呆帳費用。

allowance for doubtful accounts（備抵壞帳）
用應收帳款減去預計收不到的金額，以便評估應收帳款的可能回收淨額。

Exercises

請將下列英文句子（　）內的部份做適當的「排列組合」，並在缺字的地方「補足詞彙」。

① 我們估計，ABC 公司的應收帳款總額有 300 美元無法回收。

We estimate US$ 300 of (receivable　will　ABC Inc.　gross　become　uncollectible　accounts).

② 我們把已經沖銷而無法回收的應收帳款 300 美元給收回來了。

We recovered US$ 300 in accounts receivable that (already　off　had　as　written　been).

③ 金額達 10 萬美元的呆帳以備抵壞帳沖銷了。

Bad debts (against　US$ 100,000　were　amounting　to　off) the allowance for doubtful accounts.

Answers

解答中畫線的部份是補足詞彙。

① We estimate US$ 300 of (**gross accounts receivable <u>for</u> ABC Inc. will become uncollectible**).

② We recovered US$ 300 in accounts receivable that (**had already been written off as <u>uncollectible</u>**).

③ Bad debts (**amounting to US$ 100,000 were <u>written</u> off against**) the allowance for doubtful accounts.

Useful Expressions

請在（　　　）中填入自己公司的數值資料，以完成介紹句。

我們估計應收帳款總額有（　　　　台幣）將無法回收。

We estimate (NT　　　　　　　) of gross accounts receivable will become uncollectible.

5 會計財務 應收帳款（2）應收票據

1. Sell A in exchange for ... note
銷售 A 並收到了……票據

> 我們銷售貨品給 XYZ 公司，收到了三個月期的 10 萬美元票據，附帶 5% 的利息。
>
> We **sold goods** to XYZ Inc. **in exchange for** a 3-month US\$ 100,000 **note** bearing 5 percent interest.

2. The note is dated X and due Y
票據 X 日開立、Y 日到期

> XYZ 公司給我們的票據 3 月 15 日開立、7 月 15 日到期。
>
> **The note** we received from XYZ Inc. **is dated** March 15 **and due** July 15.

↑ 解說與延伸

1. in exchange for ... 是「換取～」之意。note 是「票據」，而 bearing X percent interest 則是「附帶 X% 的利息」。
2. 在 dated 及 due 之後分別加上日期，便可表達票據之「開立日期」及「到期日」。

關鍵詞彙

- **interest-bearing note** 附息票據
- **non-interest-bearing note** 無息票據
- **the writer** 開立人
- **the payee** 受付人

財務知識 check!

notes receivable（應收票據）

所謂應收票據指的就是經銀行約定保證的帳款。債務人將來在指定日期支付一定金額給債權人的約定保證稱為本票，而此帳款在債權人的會計項目上被稱為應收票據，在債務人的會計項目上則為應付票據 (notes payable)。應收票據的付款，在付款日從票據開立人的支票帳戶取出款項後便結束，但若付款當日該帳戶餘額不足，就會產生跳票的問題。

Exercises

請依照中文語意，於空格中填入適當詞彙以完成英文句子。

① 我們銷售貨品給 ABC 公司，收到了 8 萬美元的無息票據，三個月後到期。

We sold goods to ABC Inc. (　　　) (　　　) (　　　) a US$ 80,000
(　　　) (　　　) due in 3 months.

② 我們收到 XYZ 公司於 12 月 15 日所開立的三個月期 5 萬美元票據。

We (　　　) a (　　　) US$ 50,000 (　　　) (　　　) December 15 from
XYZ Inc.

Answers

① We sold goods to ABC Inc. (**in**) (**exchange**) (**for**) a US$ 80,000 (**non-interest-bearing**) (**note**) due
in 3 months.

　Notes due in ... months ……個月後到期

② We (**received**) a (**3-month**) US$ 50,000 (**note**) (**dated**) December 15 from XYZ Inc.

Useful Expressions

請在（　　　）中填入自己公司的數值資料，以完成介紹句。

我們收到客戶開的（　　個）月期（　　　台幣）票據。

We received from a customer a (　　　)-month (NT　　　　　) note.

1. Discount a promissory note
將本票貼現

> 7 月 15 日時，我們將 ABC 公司在 2010 年 6 月 15 日所開立三個月期、附帶 5% 年息的 50 萬美元本票向 XYZ 銀行貼現。
>
> On July 15, we **discounted** ABC Inc.'s 3-month, US$ 500,000 **promissory note** dated June 15, 2010 and bearing interest at 5 percent per annum at XYZ bank.

2. A note is dishonored
票據遭到拒付（退票）

> XYZ 公司向 ABC 銀行貼現的 5 萬美元票據在到期日被退票了。
>
> **The US$ 50,000 note** XYZ Inc. discounted at ABC bank **was dishonored** on its maturity date.

🔺 解說與延伸

1. discount 是「將票據貼現」之意。另外 bearing interest at ... percent per annum 是指「附帶年息～%」。
2. dishonor 為動詞，表示「遭到拒付」之意，而 maturity date 是「到期日」。

💡 關鍵詞彙

- **discount a note for ... percent**　　將票據以……% 貼現
- **dishonored note**　　退票
- **redeem a note**　　贖回票據
- **retire [withdraw] a bill**　　收回票據
- **cash a note**　　兌現票據

🔍 財務知識 check!

discount a note（票據貼現）

從客戶那裡收到票據後，於付款到期日前將該票據帶到銀行，支付一定的貼現手續費以兌現票據。若到了到期日，票據開立人無法付款，就是跳票，票據受付人必須將該票據從銀行購回，回到最初的權利關係，再向票據開立人請求支付款項。

Exercises

請依照中文語意，於空格中填入適當詞彙以完成英文句子。

① 我們將四個月期的 3 萬美元本票以 6% 向 ABC 銀行貼現。

We (　　) a 4-month, US$ 30,000 (　　) (　　) at ABC bank
(　　) 6 percent.

② XYZ 公司所開立之 80 天期、5% 的 3 萬美元票據在到期日被退票了。

The US$ 30,000, (　　), 5 percent (　　) written by XYZ Inc. was
(　　) on its (　　) date.

Answers

① We (**discounted**) a 4-month, US$ 30,000 (**promissory**) (**note**) at ABC bank (**for**) 6 percent.

② The US$ 30,000, (**eighty-day**), 5 percent (**note**) written by XYZ Inc. was (**dishonored**) on its (**maturity**) date.

Notes note written by ... ……所開立的票據　the maturity date　到期日 = on the date of maturity

Useful Expressions

請在（　　）中填入自己公司的數值資料，以完成介紹句。

我們將（　個）月期、（　台幣）的票據向（　銀行）貼現。

We discounted a (　)-month, (NT　　) note at (　bank).

7 會計財務 應收帳款（4）債權轉讓

1. Factor an accounts receivable with [to] ...
出售應收帳款予……

> 我們出售了 80 萬美元的應收帳款給 ABC 公司。
>
> We **factored** US$ 800,000 in **accounts receivable with** ABC Inc.

2. Obtain a loan of ... by pledging A as collateral
以 A 質押取得……的貸款

> 我們質押了 40 萬美元的應收帳款，向 ABC 公司取得了 30 萬美元的一年期貸款。
>
> We **obtained a** one-year **loan of** US$ 300,000 from ABC Inc. **by pledging** US$ 400,000 in accounts receivable **as collateral**.

♠ 解說與延伸

1.「專門承購應收帳款的管理商」可用 factor（名詞）來表達。

2.「取得貸款」除了 obtain a loan ... 這樣的說法外，還可更直接地以 borrow cash 來表達。另外 pledge ... as collateral 就是「以～作為抵押的擔保品」之意。

💡 關鍵詞彙

- **assignment**　　　　　轉讓
- **on a recourse basis**　　可追討（有償）
- **on a nonrecourse basis**　不可追討（無償）

財務知識 check!

factoring（應收帳款讓售）

指在通知客戶有尚未支付的應收帳款後，支付應收帳款管理商一定的手續費以轉讓該應收帳款，並收取款項。而應收帳款讓售有 2 種：（1）應收帳款轉讓後，其收帳義務及壞帳發生風險便全都轉移給應收帳款管理商，原公司不再有追索權（without recourse）、（2）客戶破產時，當初轉讓應收帳款的公司有義務要付給應收帳款管理商款項，亦即有追索權（with recourse）的形式。以美國的會計慣例來說，若採沒有追索權的形式，就視為轉讓應收帳款來處理，而若是有追索權的形式，則視為有限度的轉讓，基本上就是一種債務融資。

 **Exercises**

請依照中文語意，於空格中填入適當詞彙以完成英文句子。

① 我們在 10 月 1 日出售了 50 萬美元的應收帳款給 XYZ 公司。

　 We (　　　) US$ 500,000 of (　　　) (　　　) (　　　) XYZ Inc. on October 1.

② 我們質押了 20 萬美元的應收帳款以取得 15 萬美元的貸款。

　 We (　　　) US$ 150,000 by (　　　) US$ 200,000 (　　　) (　　　)
　 (　　　) (　　　) (　　　).

Answers

① We (**factored**) US$ 500,000 of (**accounts**) (**receivable**) (**to**) XYZ Inc. on October 1.

② We (**borrowed**) US$ 150,000 by (**pledging**) US$ 200,000 (**in**) (**accounts**) (**receivable**) (**as**)
　 (**collateral**).

Useful Expressions

請在（　　　）中填入自己公司的數值資料，以完成介紹句。

我們出售了（　　　　　　美元）的應收帳款給（公司名　　　　　　）。

We factored (US$　　　　　　) in accounts receivable to (公司名　　　　　　).

第
3
章

131

1. Sell ... costing X for Y 以 Y 賣出了成本 X 的……

我們以 30 萬美元賣出了成本 20 萬美元的機器。

We **sold** a machine **costing** US$ 200,000 **for** US$ 300,000.

2. Inventories total ... on a FIFO basis
若採先進先出法，存貨共為……

若採先進先出法，截至 12 月 31 日存貨共為 100 萬美元。

Inventories total US$ 1 million **on a FIFO basis** as of December 31.

3. Inventories are stated at ... 存貨是以……來評價

存貨是以成本市價孰低法來評價。

Inventories are stated at the lower of cost or market.

♠ 解說與延伸

1. ... costing X 就是「成本 X 的～」。
2. inventories total ... 就是「存貨合計為～」之意，動詞 total 可用 aggregate 代替。
3. 此處的 state 為動詞，用以表示「評價」之意，而 the lower of cost or market 是指「成本市價孰低法」。

關鍵詞彙

• **first-in, first-out**	先進先出法 = FIFO
• **last-in, first-out**	後進先出法 = LIFO
• **inventory in transit**	在途存貨
• **inventory on hand**	現有存貨
• **inventory on consignment**	寄銷品存貨

財務知識 check!

first-in, first-out = FIFO（先進先出法）

一種從最先購入的東西開始持續販售作為基礎原則之存貨成本計算方式。這是一種反映現實物流的處理方式，銷售成本從先購入的東西開始依序撥款，於是期末存貨便是由最近購入的東西構成。

last-in, first-out = LIFO（後進先出法）

後進先出法假設先購入之商品後出售，後期購入之商品則先流出，故其計算營業成本時係利用較晚的購入價格，計算期末存貨時則使用較早的購入價格。此法下，資產負債表之期末存貨都是「早期」購置而來，存貨成本偏低，在資產的評價上容易失真，不符 IFRSs 公允價值之精神，故國際會計準則禁止採用 LIFO，但此法仍為美國 GAAP 所使用。

the lower of cost or market（成本市價孰低法）

將先進先出法或後進先出法所計算出之存貨成本與期末時的市價相比，若市價低於成本，便以市價來評價。

 **Exercises**

請將下列英文句子 ( ) 內的部份做適當的「排列組合」，並在缺字的地方「補足詞彙」。

① 我們以 40 萬美元賣出了成本 30 萬美元的機器。

We (US$ 400,000   machine   cash   US$ 300,000   sold   a   for).

② 若採後進先出法，存貨總計為 80 萬美元。

(US$ 800,000   aggregate   a   basis   on   inventories).

③ 存貨以成本市價孰低法評價，其中成本係採後進先出法。

Inventories are (cost   the   at   stated   of   market   or), determined principally by (method   the   last-in).

Answers

解答中畫線的部份是補足詞彙。

① We (**sold a machine** <u>costing</u> **US$ 300,000 for US$ 400,000 cash**).

② (**Inventories aggregate US$ 800,000 on a** <u>LIFO</u> **basis**).

③ Inventories are (**stated at the** <u>lower</u> **of cost or market**), determined principally by (**the last-in, first-out method**).

Useful Expressions

請在（　　）中填入自己公司的數值資料，以完成介紹句。

若採先進先出法，我們的存貨總計為（　　　　台幣）。

Our inventories aggregate (NT　　　　) on a FIFO basis.

1. Report a net unrealized loss of ... on securities on income statement 在損益表上為……有價證券提列未實現淨損

> 我們在 2010 年的損益表上分類為備供出售的有價證券提列了 5 萬美元的未實現淨損。
>
> We **reported a net unrealized loss of** US$ 50,000 **on** available-for-sale **securities on** 2010 **income statement**.

2. Carried at fair value 以公允價值來計算

> 分類為交易目的之有價證券以公允價值來計算。
>
> Trading securities **are carried at fair value**.

♦ 解說與延伸

1. 「未實現淨損」是針對期末時保有的有價證券，以市價重估評價並記錄下的評價差額，而由於並未轉讓，故不算入已實現之損益，因此稱為 unrealized loss。另外，available-for-sale securities 是指「備供出售之有價證券」。

2. trading securities 為「分類為交易目的之有價證券」。

 關鍵詞彙

- **net unrealized gain** 　　　　未實現淨利
- **held-to-maturity securities** 　持有至到期日證券
- **debt securities** 　　　　　　債權證券 = liability certificate
- **equity securities** 　　　　　股權證券

🔍 財務知識 check!

securities（有價證券）

有價證券的期末評價會依據持有目的分類，而各分類各自有其評價基準。依據美國的基準，投資項目應分為債權證券及股權證券。前者又再分為（1）以交易為目的之有價證券、（2）將持有至到期日的債券，以及（3）備供出售的有價證券等三類；後者則只有（1）、（3）類，並沒有（2）類。（1）以短期獲利為目的，以 1 天為單位頻繁買賣的證券，到了期末便以市價來評價，而評價差額就納入淨收入之計算，並記入損益表中。基本上一般公司持有的有價證券都不會被歸入此類。（2）是指如公司債之類，至到期日為止都持續持有、不打算轉讓的證券，會以攤銷後成本記入。而（3）類的證券在期末時會以市價評價，但由於不像（1）是預定於短期間內轉讓，故其評價差額並不算

進淨收入，而是將其累計金額作為其他綜合損益，記入資產負債表的資本部分，這點和以交易為目的之有價證券不同。但須注意的是，當市價下跌不被視為暫時現象 (other-than-temporar) 時，其評價差額就會被記入損益表中。

✏️ Exercises

請依照中文語意，於空格中填入適當詞彙以完成英文句子。

① 我們在 2019 年的損益表上為分類為交易目的之有價證券提列了 10 萬美元的未實現淨利。

We (　　　) (　　　) (　　　) (　　　) (　　　) of US$ 100,000 on trading securities on 2019 (　　　) (　　　).

② 分類為持有至到期日之有價證券以攤銷後成本來計算。

(　　　) (　　　) (　　　) (　　　) (　　　) amortized cost.

🔓 Answers

① We (**reported**) (**a**) (**net**) (**unrealized**) (**gain**) of US$ 100,000 on trading securities on 2019 (**income**) (**statement**).

② (**Held-to-maturity**) (**securities**) (**are**) (**carried**) (**at**) amortized cost.

　Notes amortized cost 攤銷後成本（將購買成本與面值間的差額於每個會計年度以統一的方式攤銷，再加進購買成本的算法。例如以 95 萬美元購入面值 100 萬美元、期限為 5 年的公司債時，資產負債表上就須以當初的購買成本 95 萬美元記入為投資項目，而在贖回前的 5 年內，便以差額 5 萬除以 5 年，求得每年 1 萬美元的金額來算入購買成本。也就等於從購入起，每年增加 1 萬美元的投資金額，並以同額的利息收入記入損益表中。）

Useful Expressions

請在（　　　）中填入自己公司的數值資料，以完成介紹句。

我們在 2018 年的損益表上為備供出售的有價證券提列了（　　　台幣）的未實現淨損。

We reported a net unrealized loss of (NT　　　) on available-for-sale securities on 2018 income statement.

10 會計財務 **固定資產**

1. Purchase X with a useful life of Y years for Z
以 Z 購買耐用年限 Y 年的 X

> 我們以 100 萬美元購買了一台耐用年限五年的機器。
>
> We **purchased** a machine **with a useful life of** 5 **years for** US$ 1 million.

2. Recognize a gain of ... on the sale of (fixed assets)
認列出售（固定資產）……的利益

> 我們在 2019 會計年度認列了 100 萬美元出售不動產的利益。
>
> We **recognized a gain of** US$ 1 million **on the sale of** real estate in FY2019.

3. Depreciated over ... years using the straight-line method
以直線法分……年提列折舊

> 這棟大樓將以直線法分 40 年提列折舊。
>
> The building **will be depreciated over** 40 **years using the straight-line method**.

🔺 解說與延伸

1. useful life 為「耐用年限」，也可說成 durable years。

2. 「認列」除了以 recognize 表達外，也可用 book the sales 表示。而 fixed assets 為「固定資產」，也可說成 non-current assets。另外，a gain of ... on sale of X 是「出售 X 所得之利益」，FY 則為 Fiscal Year（會計年度）之縮寫。

3. depreciate 為「折舊」之意，其名詞形為 depreciation，而 straight-line method 指「直線法」。

💡 關鍵詞彙

• **current assets**	流動資產
• **acquisition cost**	購買成本
• **salvage value**	殘值
• **loss on disposition**	處分損失
• **declining-balance method**	餘額遞減法
• **tangible fixed assets**	有形固定資產 = property, plant and equipment

depreciation（折舊）

固定資產的折舊三要素為：購買成本、耐用年限、殘值。其中購買成本指取得固定資產所需支出的金額，應記入資產負債表，而耐用年限為可能的使用年限，殘值則為耐用年限到來時預計的處分報價。折舊的計算方法主要為直線法，亦即以購買成本減去殘值，再除以耐用年限來求得各年度折舊費用的計算方式。另外還有餘額遞減法及時間序列法等。

Exercises

請依照中文語意，於空格中填入適當詞彙以完成英文句子。

① 我們以 200 萬美元購買了一台耐用年限五年的機器，估計殘值為 20 萬美元。

We (　　　) a (　　　) (　　　) US$ 2 million (　　　) a (　　　) (　　　) of 5 years and estimated (　　　) (　　　) of US$ 200,000.

② 我們在 2019 年認列了 50 萬美元處分機器的損失。

We (　　　) a (　　　) of US$ 500,000 (　　　) (　　　) of a machine in 2019.

③ 這台機器將以餘額遞減法折舊五年。

The machine will (　　　) (　　　) (　　　) 5 years (　　　) (　　　) (　　　) (　　　).

Answers

① We (**purchased**) a (**machine**) (**for**) US$ 2 million (**with**) a (**useful**) (**life**) of 5 years and estimated (**salvage**) (**value**) of US$ 200,000.

② We (**recognized**) a (**loss**) of US$ 500,000 (**on**) (**disposition**) of a machine in 2019.

③ The machine will (**be**) (**depreciated**) (**over**) 5 years (**using**) (**the**) (**declining-balance**) (**method**).

Useful Expressions

請在（　　　）中填入自己公司的數值資料，以完成介紹句。

我們認列了（　　　台幣）處分（資產名　　　）的損失。

We recognized a loss of (NT　　　) on disposition of (資產名　　　).

11 會計財務 **或有負債**

1. Contingently liable as guarantor of X in the aggregate amount of Y　因擔保 X 而產生或有負債的總金額為 Y

截至 2018 年 12 月 31 日止，我們因擔保員工的房貸而產生的或有負債的總金額為 100 萬美元。

As of December 31, 2018, we **are contingently liable as guarantor of** employee housing loans **in the aggregate amount of** US$ 1 million.

2. Provide letters of awareness with regard to indebtedness of ... in the amount of ...　針對……所積欠的金額……出具確認函

針對分公司所積欠的 50 萬美元，我們出具了確認函給銀行。

We **provided letters of awareness** to the banks **with regard to indebtedness of** affiliates **in the amount of** US$ 500,000.

↑ 解說與延伸

1. contingently liable 表示「偶發性地擔負債務」之意，而 contingent liabilities 即指「或有負債」。另外，in the aggregate amount of ... 則是「總金額為～」的意思。
2. letters of awareness 為「確認函」，indebtedness 為「債務」，affiliate 則指「分公司」。

 關鍵詞彙

- **loss contingencies**　　　　　　或有損失
- **gain contingencies**　　　　　　或有利益
- **commitments for purchases of ...**　承諾購買……

🔍 財務知識 check!

contingent liabilities（或有負債）

子公司無法償還向金融機構借貸的款項時，由母公司接手還款，並與金融機構簽訂契約，以確保金融機構之債權，稱為債務擔保。而像這類目前還未發生，但將來可能必須負擔的債務，就要以或有負債的形式記入各財務報表。

letters of awareness（確認函）

母公司針對子公司向金融機構所借貸的款項，提供給金融機構、約定將負責監督、指導子公司之經

營管理的文件。這和債務擔保不同，確認函不見得會明確記載子公司拖欠債務時母公司所應承擔的責任，但若有人實際承諾要擔負債務擔保義務的話，就須視為等同債務擔保的項目來記入。

Exercises

請將下列英文句子 (　) 內的部份做適當的「排列組合」，並在缺字的地方「補足詞彙」。

① 我們因票據貼現而產生的或有負債金額為 3 萬美元。

We are (discounted in the　notes　of amount　liable on) US$ 30,000.

② 針對子公司所積欠的 30 萬美元，我們出具了確認函給各金融機構。

We (of letters institutions financial provided to) with regard to indebtedness of subsidiaries in the amount of US$ 300,000.

③ 我們已承諾購買約 50 萬美元的不動產、廠房與設備。

(and for plant we property equipment of have purchases) of approximately US$ 500,000.

Answers

解答中畫線的部份是補足詞彙。

① We are (<u>contingently</u> **liable on notes discounted in the amount of**) US$ 30,000.

② We (**provided letters of <u>awareness</u> to financial institutions**) with regard to indebtedness of subsidiaries in the amount of US$ 300,000.

Notes subsidiary 子公司

③ (**We have <u>commitments</u> for purchases of property, plant and equipment**) of approximately US$500,000.

Notes approximately 大約

Useful Expressions

請在（　　　）中填入自己公司的數值資料，以完成介紹句。

截至（　年　月　日），因擔保員工的銀行貸款而產生的或有負債金額為（　　台幣）。

Contingent liabilities for guarantees of bank loans of our employees amounted to (NT　　　) at (　　) (　　), (　　).

12 會計財務 公司債（1）

1. Interest is payable semiannually on ... 利息於……每半年付一次

> 利息於 3 月 31 日和 9 月 30 日每半年付一次。
>
> **Interest is payable semiannually on** March 31 and September 30.

2. Issue ... Y percent, Z 發行……Z、利率 Y%

> 我們發行了 100 張 1,000 美元、利率 2% 的公司債。
>
> We **issued** one hundred 2 **percent,** US$ 1,000 bonds.

3. Issue US$ ... of X percent, Y-year bonds at Z
以 Z 發行……美元、利率 X% 的 Y 年期公司債

> 我們以 97 美元發行了 100 萬美元、利率 1% 的五年期公司債。
>
> We **issued US$** 1 million **of** 1 **percent,** five-year **bonds at** 97.

♠ 解說與延伸

1. 「每年一次」可用 annually 來表達，而 semiannually 則為「每半年一次」。

3. at 97 表示每 100 美元的發行價格為 97 美元。例如，公司債總金額為 100 萬美元，每 100 美元以 97 美元的價格發行時，其發行價格算起來就是 100 萬美元 × 97 ÷ 100 = 97 萬美元。若發行價格低於 100 美元，就屬於折價發行；若高於 100 美元則稱為溢價發行。

- **mature on ...**　　　　　　　　到期日為……
- **issue bonds at discount**　　　折價發行公司債
- **mortgage bonds**　　　　　　　抵押公司債
- **debenture bonds**　　　　　　　無擔保公司債

📁🔍 財務知識 check!

bonds（公司債）

公司債多半都採取折價發行方式。例如，將面額 100 萬美元的公司債以 95 萬美元折價發行，那麼購入方就是以 95 萬美元購入，而每個會計年度所收取的利息和到期時回收的本金，都以 100 萬美元的面額來計算，因此可賺得面額與發行價格之差額及高於契約利率的利息。縱使發行方將契約利

率訂得低於市場利率，仍能透過折價發行來提高實質利率，故有利於公司債的發行。

Exercises

請依照中文語意，於空格中填入適當詞彙以完成英文句子。

① 利息於 3 月 31 日每年付一次。

　　Interest is (　　　) (　　　) (　　　) March 31.

② 我們以 97 美元發行了 100 萬美元的五年期公司債。

　　We (　　　) US$ 1 million in (　　　) (　　　) at US$ 97.

③ 我們發行了 1,000 張 1,000 美元、利率 3% 的公司債。

　　We (　　) (　　) (　　　) 3 percent, US$ 1,000 (　　　).

Answers

① Interest is (**payable**) (**annually**) (**on**) March 31.

② We (**issued**) US$ 1 million in (**five-year**) (**bonds**) at US$97.

③ We (**issued**) (**one**) (**thousand**) 3 percent, US$ 1,000 (**bonds**).

Useful Expressions

請在（　　　）中填入自己公司的數值資料，以完成介紹句。

我們發行了（　　　　台幣）、利率（　　%）的（　　　年）期公司債。

We issued (NT　　　　　) of (　　　percent) (　　　　)-year bonds.

第 3 章

1. Convert X of convertible bonds into Y shares of Z par value common stock 把 X 的可轉換公司債轉換成 Y 股面額 Z 的普通股

我們把 50 萬美元的可轉換公司債轉換成 2 萬股、面額 5 美元的普通股。

We **converted** US$ 500,000 **of our convertible bonds into** 20,000 **shares of** US$ 5 **par value common stock**.

2. Redeem a bond 贖回公司債

我們贖回了 2015 年 10 月 1 日所發行 60 萬美元、利率 2% 的公司債。

We **redeemed** US$ 600,000 2 percent **bonds**, which were issued on October 1, 2015.

♠ 解說與延伸

1.「可轉換公司債」就說成 convertible bonds，而「轉換為～」可用 convert ... into 表達。另外 common stock 為「普通股」，par value 則是「面額」之意。

2.「贖回」除了用 redeem 之外，也可用 extinguish 或 retire 表示。而 advanced redemption 則指「提前贖回」之意。

 關鍵詞彙

- **bonds with stock warrants** 附認股權公司債
- **term bonds** 定期公司債
- **serial bonds** 分期還本公司債

🔍 財務知識 **check!**

convertible bonds（可轉換公司債）
可由公司債持有人提出請求，依據公司債契約所規定之條件轉換成該公司之普通股的公司債。而轉換後債務便消失，轉移為資本股份。

bonds with stock warrants（附認股權公司債）
被賦予了認股權證（即可依預定價格、數量購入普通股之權利）的公司債，也稱為 warrant bond，縮寫 WB。若該公司債持有人行使了認股權，則公司會因收到現金而導致資本增加，但公司債本身並不會就此消失。

Exercises

請將下列英文句子（　）內的部份做適當的「排列組合」，並在缺字的地方「補足詞彙」。

① 我們把 30 萬美元的可轉換公司債轉換成 1 萬股、面額 5 美元的普通股。

We converted (bonds　shares　US$ 300,000　of　our　into　10,000) of US$ 5 par value common stock.

② 我們以 102 美元贖回了 2010 年 5 月 1 日所發行 30 萬美元的 10 年期公司債。

We (of　our　bonds　US$ 102　for　US$ 300,000　ten-year), which were issued on May 1, 2010.

Answers

解答中畫線的部份是補足詞彙。

① We converted (**US$ 300,000 of our <u>convertible</u> bonds into 10,000 shares**) of US$5 par value common stock.

② We (<u>**redeemed**</u> **US$ 300,000 of our ten-year bonds for US$ 102**), which were issued on May 1, 2010.

Useful Expressions

請在（　　　）中填入自己公司的數值資料，以完成介紹句。

我們贖回了在（　年　月　日）所發行（　　　台幣）、利率（　%）的公司債。

We redeemed (NT　　　　) of (　　　percent) bonds originally issued on (　　　) (　　　), (　　　).

第
3
章

143

1. Issue X shares of Y par value common stock
發行 X 股面額 Y 的普通股

我們公司在 1968 年成立時，在核定的 50 萬股普通股中，我們發行了 20 萬股、面額 5 美元的普通股。

We **issued** 200,000 **shares of** US$ 5 **par value common stock** with authorized shares of 500,000 common stock, when our company was organized in 1968.

2. Have ... shares of common stock issued and outstanding
發行……股的普通股流通在外

截至 2018 會計年度為止，我們發行了 20 萬股的普通股流通在外。

We **had** 200,000 **shares of common stock issued and outstanding** as of 2018 fiscal year end.

⬆ 解說與延伸

1. authorize 為「核定授權」之意，而 authorized shares 就是「核定股數」。另外，be organized 為「公司成立」之意，不過也可說成 be established。

2. 「發行股票」要用動詞 issue，而「目前在市場上流通的已發行股票」稱為 outstanding stock。

🔅 關鍵詞彙

- **treasury stock**   庫藏股
- **cumulative preferred stock**   累積特別股
- **preferred stock**   特別股
- **convertible preferred stock**   可轉換特別股
- **participating preferred stock**   參加特別股

🔍 財務知識 **check!**

authorized shares（核定股數）
依據公司章程所規定的可發行股數。

treasury stock（庫藏股／庫存股票／留存股票）

從市場上購回並留存下來的公司自身已發行之股票。當公司保有庫藏股時，其市場流通股數就等於已發行總股數減去庫藏股。而由此可知，當公司不保有庫藏股時，其已發行總股數便等於市場流通股數。

Exercises

請依照中文語意，於空格中填入適當詞彙以完成英文句子。

① 2017 年時，在核定的 10 萬股中，我們增資 5 萬股。

In 2017, 100,000 (　　　) (　　　) (　　　) and we (　　　) an additional 50,000 (　　　).

② 2018 年時，我們以每股 50 美元發行了 5 萬股、面額 5 美元的普通股。

In 2018, we (　　　) 50,000 (　　　) of US$ 5 (　　　) (　　　) (　　　) (　　　) for US$ 50 per share.

③ 我們發行了 20 萬股的普通股，其中有 18 萬股流通在外。

We have 200,000 shares of (　　　) (　　　) (　　　) and 180,000 shares (　　　).

Answers

① In 2017, 100,000 (**shares**) (**were**) (**authorized**) and we (**issued**) an additional 50,000 (**shares**).
　Notes additional share　增資股

② In 2018, we (**issued**) 50,000 (**shares**) of US$ 5 (**par**) (**value**) (**common**) (**stock**) for US$ 50 per share.
　Notes per share　每股

③ We have 200,000 shares of (**common**) (**stock**) (**issued**) and 180,000 shares (**outstanding**).

Useful Expressions

請在（　　　）中填入自己公司的數值資料，以完成介紹句。

我們在（　　年）發行了（　　股）的普通股。

We issued (　　　) shares of common stock in (　　　).

1. Split its common stock A-for-B
以 B 比 A 分割普通股

> 我們在 2017 年 6 月 1 日以 1 比 3 分割了普通股。
>
> We **split our common stock** 3-**for**-1 on June 1, 2017.

2. Declare a A-for-B stock split and distribute X shares
宣告以 B 比 A 分割股票，並配發 X 股

> 2019 年時，我們宣告以 1 比 4 分割股票，並額外配發 40 萬股給股東。
>
> In 2019, we **declared a** 4-**for**-1 **stock split and distributed** another 400,000 **shares** to the stockholders.

♠ 解說與延伸

1. split 可作名詞，表示「股票分割」，也可作動詞，表示「進行分割」之意。另外請注意動詞 split 的現在式及過去式、過去分詞都一樣。

2. 「宣告要分割股票」時可用 declare 表達，說成 declare a A-for-B stock split。而 distribute 則為「配發」之意。

> 🔑 **關鍵詞彙**
>
> • **stock option**　　　　　　股票選擇權
> • **stock appreciation rights**　股票增值權
> • **earnings per share**　　　　每股盈餘
> • **diluted earnings per share**　稀釋每股盈餘

 財務知識 **check!** ────────────────────

stock splits（股票分割）

針對現存股票，以一定比例來發行股票，是一種在股價不斷上漲時，降低股價並提高股票流通性的手段。若為 1 比 2 的股票分割，就代表持有 2 千股的股東會再分到新的 2 千股，變成持有 4 千股，但由於股東這邊和公司方面都不會進行任何會計處理，故只是單純增加了股數而已。雖然市值的計算方式是以股價乘以股數，但在市值固定的狀態下，以 1 比 2 的比例分割股票而增加股數時，理論上股價應會折半。

stock option （股票選擇權）

購買股票選擇權，即在規定時間內以預定價格購買規定股數的權利。

Exercises

請依照中文語意，於空格中填入適當詞彙以完成英文句子。

① 我們在 2018 年宣告以 1 比 2 分割股票。

We (　　　) a 2-(　　　)-1 (　　　) (　　　) in 2018.

② 我們以 1 比 2 分割了普通股，所有普通股的面額都從 10 美元減半為 5 美元。

We (　　) (　　) (　　) (　　) 2-(　　)-1, halving the (　　) of
all common shares (　　) US\$ 10 (　　) US\$ 5.

Answers

① We (**declared**) a 2–(**for**)–1 (**stock**) (**split**) in 2018.

② We (**split**) (**our**) (**common**) (**stock**) 2–(**for**)–1, halving the (**par**) of all common shares (**from**) US\$10
(**to**) US\$ 5.

Notes　halve　減半

Useful Expressions

請在（　　）中填入自己公司的數值資料，以完成介紹句。

我們在（　　　年）宣告以（　比　　）分割股票。

We declared a (　　　)-for-(　　　) stock split in (　　　).

1. Declare a cash dividend of ... per share
宣告分配每股……的現金股利

> 我們在 2016 年 12 月 18 日宣布，將對所有的股東分配每股 10 美元的現金股利。
>
> We **declared a cash dividend of** US$ 10 **per share** to all stockholders on December 18, 2016.

2. Appropriate ... of retained earnings
指撥……的保留盈餘

> 我們指撥了 10 萬美元的保留盈餘將用於贖回公司債。
>
> We **appropriated** US$ 100,000 **of retained earnings** for bond redemption.

↑ 解說與延伸

1. 「宣告分配股利」要用 declare 來表達。dividend 就是「股利」，而「現金股利」除了用 cash dividend 外，也可說成 cash payment。

2. 「指撥（款項）」用 appropriate 表達，而 retained earnings 就是「保留盈餘」，bond redemption 則指「贖回公司債」。

關鍵詞彙

- **stock dividend** 股票股利
- **property dividend** 財產股利
- **dividend yield** 股利殖利率
- **dividend increase** 股利增加
- **nondividend** 無股利

財務知識 check!

retained earnings（保留盈餘）

就是公司從過去以來累積並保留在內部的盈餘。此盈餘除了以股利形式分配給股東而流出公司外，還會為了將來的指定用途事先儲存起來，從保留盈餘項目指撥為預定的準備金。這樣一來，準備金的部分雖也屬於原始資金的保留盈餘，但是不會成為股利。

Exercises

請將下列英文句子 ( ) 內的部份做適當的「排列組合」，並在缺字的地方「補足詞彙」。

① 我們在 2019 年 12 月 15 日宣告共 10 萬美元的現金股利，將在 2020 年 1 月 12 日發放。

We (cash on US$ 100,000 2019 December a total payment of 15), payable on January 12, 2020.

② 我們指撥了 80 萬美元的保留盈餘將用來建新廠房。

We (US$ 800,000 earnings appropriated of) to build a new plant.

Answers

解答中畫線的部份是補足詞彙。

① We (**declared a total cash payment of US$ 100,000 on December 15, 2019**), payable on January 12, 2020.

　　Notes payable 應支付的

② We (**appropriated US$ 800,000 of _retained_ earnings**) to build a new plant.

Useful Expressions

請在 (　　　) 中填入自己公司的數值資料，以完成介紹句。

我們在 (　年　月　日) 宣告，將對所有的股東分配每股 (　　台幣) 的現金股利。

We declared a cash dividend of (NT　　　　) per share to all stockholders on (　　　) (　　　), (　　　).

17 會計財務 **損益表**

1. Income statement reports net income of ...
損益表報導的淨利是……

> 截至 2019 年 12 月 31 日止之會計年度，ABC 公司損益表報導的淨利為 56 萬美元。
> ABC inc.'s **income statement reported net income of** US$ 560,000 for the fiscal year ended December 31, 2019.

2. ... expense is subtracted from revenue, in arriving at net income ……費用在計算淨利時從營收中扣除

> 修繕費用並沒有資本化，而是在計算淨利時從營收中扣除。
> Repair **expense is** not capitalized, but **subtracted from revenue, in arriving at net income**.

♦ 解說與延伸

1. 「損益表」為 income statement，有時亦稱 profit and lost (P/L)。而 net income 指「淨利」。
2. 「扣除」可用 subtract 或 deduct 表達。「資本化」就用 capitalized 表示。

☀ 關鍵詞彙

- **cost of goods sold**   銷貨成本
- **selling, general and administrative expense**   銷售與管理費用
- **income before provision for income taxes**   稅前盈餘
- **net income**   淨利
- **net loss**   淨損

 財務知識 check!

Income Statement（損益表）

損益表代表了某段期間內的經營成果，亦即將收入減去成本，以計算出該時期的利潤或虧損。
IFRSs 下損益表改稱之綜合損益表 (Comprehensive Income Statement) 包括「本期淨利」與「其他綜合損益」兩大項，其中第一部分「本期淨利」，與原損益表之主要內容與呈現格式多數相同。
最大的差異在於，綜合損益表新增第二部分「其他綜合損益」，以及二大項合計之「本期綜合損益總額」等資訊。

Exercises

請依照中文語意，於空格中填入適當詞彙以完成英文句子。

① 我們在截至 2019 年 12 月 31 日的會計年度，於損益表上報導了 30 萬美元的淨損。

We (　　　) (　　　) (　　　) (　　　) of US$ 300,000 on our (　　　)

(　　　) for the fiscal year ended December 31, 2019.

② 認列為費用的現金支出在計算淨利時是從營收中扣除。

Cash disbursements debited to expenses are (　　　) (　　　) (　　　), in

(　　　) at net income.

Answers

① We (**reported**) (**a**) (**net**) (**loss**) of US$ 300,000 on our (**income**) (**statement**) for the fiscal year ended December 31, 2019.

② Cash disbursements debited to expenses are (**subtracted**) (**from**) (**revenue**), in (**arriving**) at net income.

> **Notes** cash disbursements 現金支出　debited to expenses 認列為費用

Useful Expressions

請在 (　　　) 中填入自己公司的數值資料，以完成介紹句。

我們在 (　　　會計年度) 報導了 (　　　台幣) 的淨利。

We reported net income of (NT　　　　) in fiscal year (　　　).

1. Sign a X-year lease at Y per year
簽訂為期 X 年的租約，每年租金為 Y

2016 年 4 月 5 日時，我們簽訂了為期五年的貨車租約，每年租金為 3,000 美元。

On April 5, 2016, we **signed a five-year lease** for a truck **at** US$ 3,000 **per year**.

2. The lease requires equal annual payments of ...
租約規定每年固定支付……

租約為期五年，並規定每年固定支付 6 萬美元。

The lease is for a five-year period and **requires equal annual payments of** US$ 60,000.

↟ 解說與延伸

1. 「簽訂租約」也可說成 enter into a lease agreement for ...。而「每年～的費用」則用 at an annual payment of ... 表達。

2. 「租約規定固定～（的租賃費用）」可用 the lease requires equal ... 這樣的句型表達。而若非以年為單位 (annal)，而是「月」的話，就用 monthly。

• **lessor**	出租人	• **operating lease**	營業租賃
• **lessee**	承租人	• **lease A from B**	向 B 租 A
• **noncancelable**	不得解約	• **lease A to B**	把 A 租給 B

🔍 財務知識 check!

lease（租賃）

所謂租賃就是身為資產所有人的出租人 (lessor) 對承租人 (lessee) 承諾，以租賃費用交換該資產之使用權利的契約。租賃會計中，包含了租賃處理與買賣處理，而以後者來說，承租人支付給出租人的租賃費用可分配給租賃負債的本金償還與該負債之利息支付。

Exercises

請依照中文語意，於空格中填入適當詞彙以完成英文句子。

① 我們簽訂了機器的租約，月付 250 美元。

We ( ) ( ) ( ) ( ) ( ) for a machine at a ( )
( ) of US$ 250.

② 租約中規定，每年年底固定支付 3 萬美元。

The lease ( ) ( ) ( ) ( ) ( ) US$ 30,000, due at
the end of each year.

③ 租約中規定，每年支付 6 萬美元，為期五年。

The lease ( ) ( ) ( ) ( ) ( ) US$ 60,000.

Answers

① We (**entered**) (**into**) (**a**) (**lease**) (**agreement**) for a machine at a(**monthly**) (**payment**)of US$ 250.

② The lease (**requires**) (**equal**) (**annual**) (**payments**) (**of**) US$ 30,000, due at the end of each year.

Notes due at the end of each year　每年年底付款

③ The lease (**requires**) (**five**) (**annual**) (**payments**) (**of**) US$ 60,000.

Useful Expressions

請在（ ）中填入自己公司的數值資料，以完成介紹句。

我們和（對象 ）簽訂了（ 年）的（標的 ）租約，每年支付
（ 台幣）。

We entered into a (-year) lease agreement for (標的) from
(對象) at [for] (NT) per year.

19 會計財務 **退休金會計**

1. Contribute ... to the pension fund
提撥……的退休基金

> 我們在 2019 會計年度提撥了 5 萬美元的退休基金。
>
> We **contributed** US$ 50,000 **to the pension fund** during 2019 fiscal year.

2. Amortize the transition loss [gain] over X years
過渡性損失（利得）分 X 年攤銷

> 過渡性損失正用直線法分 15 年攤銷。
>
> **The transition loss** is being **amortized over** 15 **years** by the straight-line method.

↑ 解說與延伸

1. contribute 在此為「提撥」之意（原意為「貢獻」），而其名詞 contribution 則指「提撥款」。另外 pension fund 是「退休基金」的意思。

2. 請注意，「攤銷」無形資產權利時，要用 amortize 表示，而建築物等有形固定資產的「折舊」則用 depreciate 表示。

 關鍵詞彙

- **contribution**　　　　　　　　提撥款
- **benefits**　　　　　　　　　　給付（福利、津貼）
- **projected benefit obligation**　預計給付義務，IFRSs 下稱確定福利義務
- **accumulated benefit obligation**　累積給付義務，IFRSs 下稱累積福利義務
- **actuary**　　　　　　　　　　精算師
- **pension cost**　　　　　　　　退休金成本

🔍 財務知識 check!

pension fund（退休基金）

作為企業員工退休金支付資金的提撥款項。這個提撥款有時會以操作股票的方式來增加投資收益，而退休基金就是也包含這些投資收益在內的資產集合。

the transition loss [gain]（過渡性損失〔利得〕）

推行新的退休金會計時，須從公司應認知的退休金負債與當時已累積之退休金資產間的差額開始著手。負債較大時就為 loss，反之資產較大時則為 gain。

 **Exercises**

請將下列英文句子（　）內的部份做適當的「排列組合」，並在缺字的地方「補足詞彙」。

① 我們在 2018 會計年度提撥了 6 萬美元的退休基金，並給付了 3 萬美元。

We (pension out fund benefits paid US$ 60,000 to the and) of US$ 30,000 during fiscal year 2018.

② 我們把 200 萬美元的過渡性損失直接認列為一次性的費用支出。

We (loss recognized US$ 2,000,000 the of) immediately as a one-time charge to earnings.

Answers

解答中畫線的部份是補足詞彙。

① We (__contributed US$60,000 to the pension fund and paid out benefits__) of US$ 30,000 during fiscal year 2018.

② We (__recognized the__ transition loss of US$ 2,000,000) immediately as a one-time charge to earnings.

Notes one-time charge to earnings 一次性的費用支出

Useful Expressions

請在（　　　）中填入自己公司的數值資料，以完成介紹句。

我們把（　　　　　台幣）的過渡性損失直接認列為一次性的費用支出。

We recognize the transition loss of (NT　　　　　　) immediately as a one-time charge to earnings.

1. Cash generated from operations amounted to ...

營業活動所產生的現金達到……

> 營業活動所產生的淨現金達到了 100 萬美元，比前一個會計年度增加了 13%。
>
> Net **cash generated from operations amounted to** US$ 1 million, up 13 percent from the previous fiscal year.

2. Net cash used in investment is ...

用於投資的淨現金是……

> 用於投資的淨現金是 50 萬美元，比前一個會計年度減少了 20 萬美元或 28.5%。
>
> **Net cash used in investment was** US$ 500,000, a decline of US$ 200,000, or 28.5 percent, compared with the previous fiscal year.

♠ 解說與延伸

1. 「～所產生的現金」除了用 cash generated from ... 這樣的說法外，也可用 cash provided by ...。

2. 因投資行為而使現金流為正值時，亦即投資行為產生了淨現金收入的情況，就不用 used in，而用 provided by。

·ϙ· 關鍵詞彙

- **financing activity** 籌資活動
- **liquidity** 流動性
- **cash equivalents** 約當現金
- **noncash** 非現金

✎○ 財務知識 check!

statement of cash flow（現金流量表）

現金流量表是將公司的現金收支分成營業、投資、籌資等 3 類活動來解析的報表。解析對象包括現金和約當現金，而所謂的約當現金包括從取得日起算 3 個月內到期的定期存款等，只要是短期的、流動性高者，都包含在內。

Exercises

請依照中文語意，於空格中填入適當詞彙以完成英文句子。

① 在截至 2019 年 12 月 31 日為止的會計年度，我們來自營業活動所產生的淨現金是 80 萬美元。

We (　　　) US$ 800,000 (　　　) (　　　) (　　　) (　　　) during the fiscal year ended December 31, 2019.

② 在截至 2017 年 12 月 31 日的會計年度，我們來自投資活動所產生的淨現金是 30 萬美元。

During the fiscal year ended December 31, 2017, we (　　　) US$ 300,000 (　　　) (　　　) (　　　) (　　　).

Answers

① We (**generated**) US$ 800,000 (**net**) (**cash**) (**from**) (**operations**) during the fiscal year ended December 31, 2019.

　　Notes during the fiscal year ended ... 在截至……的會計年度

② During the fiscal year ended December 31, 2017, we (**acquired**) US$ 300,000 (**net**) (**cash**) (**from**) (**investments**).

　　Notes acquire（靠投資）取得

* 注意，「（來自營業活動）而產生～」的情況則用 generate。兩者有細微的差異。

Useful Expressions

請在（　　　）中填入自己公司的數值資料，以完成介紹句。

在截至（　年　月　日）的會計年度，我們來自營業活動所產生的淨現金是（　　台幣）。

We generated (NT　　　　) net cash from operations during the fiscal year ended (　　　) (　　　), (　　　).

1. Report a US$ ... foreign exchange transaction gain

報導……美元的外幣匯兌利益

在截至 2015 年 12 月 31 日的年度，我們在損益表上報導了 50 萬美元的外幣匯兌利益。

We **reported a US$** 500,000 **foreign exchange transaction gain** on our income statement for the year ended December 31, 2015.

2. The US dollar equivalent of US$ ...

相當於……美元的金額

我們以相當於 5 萬美元的金額向外國供應商買了一台機器。

We purchased a machine from a foreign supplier for **the US dollar equivalent of US$** 50,000.

↑ 解說與延伸

1. foreign exchange transaction gain 是指「外幣匯兌利益」，而 foreign exchange transaction loss 則是「外幣匯兌損失」。

2. equivalent 原是「與～相等」之意，在此作名詞用，指「等值（物）」。

關鍵詞彙

• **foreign currency transaction**	外幣交易
• **spot rate**	即期匯率
• **forward rate**	遠期匯率
• **translation**	換算
• **forward exchange contract**	遠期外匯契約

財務知識 check!

foreign exchange transaction gain and loss（外幣匯兌損益）

指因匯率變動而產生的損益。以外幣存款為例，存款時的匯率與提款時的匯率差異，可能造成損失，也可能帶來利益。由於企業擁有各式各樣以外幣計價的資產、債務，故期末時，就必須以期末當時的匯率來重新換算。

foreign currency transaction（外幣交易）

外幣交易通常以交易當時的即期匯率來換算。但由於匯率總是不斷變動，有可能因而蒙受大量損失，所以會用遠期外匯契約來避險。不過即使是海外貿易，若一開始就決定以本國貨幣結算，那就不會有外幣換算的問題。例如在日本購入從美國來的商品，若購入當時就決定以日幣支付而非外幣，則不論匯率如何變動，金額都固定為日圓，不會受匯率影響。

 **Exercises**

請將下列英文句子（　）內的部份做適當的「排列組合」，並在缺字的地方「補足詞彙」。

① 在收取以日圓計價的應收帳款時，我們認列了 5 萬美元的外幣匯兌損失。

We (exchange　a　US$ 50,000　loss　recognized　foreign) on the collection of accounts receivable denominated in Japanese yen.

② 我們貸了相當於 50 萬美元的金額給 ABC 公司。

We (dollar　of　loaned　US　the) US$ 500,000 to ABC Inc.

🔓 **Answers**

解答中畫線的部份是補足詞彙。

① We (**recognized a US$ 50,000 foreign exchange <u>transaction</u> loss**) on the collection of accounts receivable denominated in Japanese yen.

　　Notes on the collection of ... 在收取……時　denominated in 以……計價

② We (**loaned the US dollar <u>equivalent</u> of**) US$ 500,000 to ABC Inc.

Useful Expressions

請在（　　　）中填入自己公司的數值資料，以完成介紹句。

在收取以美元計價的應收帳款時，我們認列了（　　　　　台幣）的外幣匯兌損失〔利得〕。

We recognized a (NT　　　　) foreign exchange transaction loss [gain] on the collection of accounts receivable denominated in US dollars.

1. Increase equity interest to X percent
將持股增加到 X%

> 我們將在 ABC 公司的持股增加到了 38%。
>
> We **increased** our **equity interest** in ABC Inc. **to** 38 **percent**.

2. Exercise significant influence over its operating and financial policies 對營運和財務政策有重大影響力

> 我們取得了 XYZ 公司三成的股份,對它的營運和財務政策有重大影響力。
>
> We acquired a 30 percent interest in XYZ Inc., which gave us the ability to **exercise significant influence over its operating and financial policies**.

✦ 解說與延伸

1. equity interest in ... 表示「對～的持股比率」,而「持股比率」也可說成 ratio of shareholding。

2. acquire a X percent interest in ... 是「取得～ X% 股份」之意。

⚙️ 關鍵詞彙

- **parent company**   母公司
- **equity method**   權益法,IFRSs 下,多不採此法,須改採收購法(acquisition method)
- **consolidated financial statement**   合併財務報表

📂 財務知識 check!

equity method(權益法）

持有其他公司的股票時,持股比率愈高,對該公司(被投資公司)的影響力就愈大。一般來說,持有 20% 以上的普通股,對該公司之財務、經營方針的決策就擁有重大影響力,而關於這些持有的股票,會以權益法來評價。若持股比率不到 20%,則所取得股票只會在期末時調整為市價。若持股比率超過 20%,即適用權益法,可在被投資公司確定獲利時,增加「獲利乘以持股比率」的投資金額,收取股利時則將投資金額減去由「股利總額乘以持股比率」之值,期末時就不再需要調整為市價。另一方面,當持股比率超過 50% 時,便成為可支配該公司的母公司,而被投資公司就成為子公司,兩者被視為經濟上的共同體,因而必須編製合併財務報表。

Exercises

請依照中文語意,於空格中填入適當詞彙以完成英文句子。

① 我們在 ABC 公司的持股從 35% 減為 27%。

Our (　　) (　　) (　　) ABC Inc. (　　) (　　) 35 percent to 27 percent.

② 假如我們把對 ABC 公司的投資從不到 20% 增加到 20% 以上,我們對其營運和財務政策便有重大影響力。

If we increase our investment in ABC Inc. from less than 20 percent to more than 20 percent, we gain the ability to (　　) (　　) (　　) (　　) (　　) (　　) (　　) (　　).

Answers

① Our (**equity**) (**interest**) (**in**) ABC Inc. (**decreased**) (**from**) 35 percent to 27 percent.

② If we increase our investment in ABC Inc. from less than 20 percent to more than 20 percent, we gain the ability to (**exercise**) (**significant**) (**influence**) (**over**) (**operating**) (**and**) (**financial**) (**policies**).

Useful Expressions

請在 (　　) 中填入自己公司的數值資料,以完成介紹句。

我們在 (　　　公司) 的持股從 (　%) 增加到了 (　%)。

Our equity interest in (　　) increased from (　　) to (　percent).

第 3 章

1. Enter into a pay-fixed, receive-floating interest rate swap
簽訂「付固定、收浮動」的利率交換

我們簽訂了「付固定、收浮動」的利率交換，期限 3 年，名目本金 100 萬美元。

We **entered into a pay-fixed**, **receive-floating interest rate swap** with a term of three years and notional principal of US$ 1 million.

2. Purchase a X put option on Y shares of ... company's stock
買進履約價格為 X，標的股票 Y 股的賣權

我們買進履約價格 30 美元，標的股票為 ABC 公司 50 股的賣權。

We **purchased a** US$ 30 **put option on** 50 **shares of** ABC Inc.'s **stock**.

 解說與延伸

1. pay-fixed 為「付固定的利率」之意，receive-floating interest rate 就是「收浮動的利率」，而 swap 指「交換」。另外，notional principal 則為「名目本金」。

2. put option 係指在預期股價下跌時，以預定價格出售股票之權利。

關鍵詞彙

• **call option** 買權
• **premium** 權利金

財務知識 check!

swap（交換）

「利率交換契約」是指固定利率和浮動利率的交換交易協議。例如以浮動利率貸款時，若預估將來利率會上升，就可將貸款金額作為名目本金，簽訂「付固定、收浮動」的利率交換契約，這樣一來浮動利息的支付與交換的浮動利率收取便會相抵銷，使利率負擔只剩下固定利率的支付，可避免利率上升而造成支付利息增加的風險。而以固定利率借貸時，若預估將來會因通貨緊縮而利率下跌，則可採行「付浮動、收固定」的利率交換契約，改為支付實際浮動利率。

option（選擇權）

以履約價格購入或賣出某些東西之權利，而買權稱為 call option，賣權則為 put option。例如，以上述例句 2. 來說，由於預測將來股價會下跌，故支付 5 美元的權利金，買進履約價格 30 美元的賣權，若到期時股價為 20 美元，則行使選擇權便能獲得每股 5 美元 (= 30-20-5) 的利潤。

Exercises

請依照中文語意，於空格中填入適當詞彙以完成英文句子。

① 我們簽訂了「付浮動、收固定」的利率交換，期限 2 年，名目本金 200 萬美元。

We (　　) (　　) a (　　), (　　) (　　) (　　) (　　) with a term of two years and notional principal of US$ 2 million.

② 我們以權利金每股 5 美元買進了履約價格 50 美元，標的股票為 ABC 公司 200 股的買權。

We paid US$ 5 per share to (　　) (　　) (　　) (　　) (　　) (　　) 200 shares of ABC Inc.'s stock.

Answers

① We (**entered**) (**into**) a (**pay-floating**), (**receive-fixed**) (**interest**) (**rate**) (**swap**) with a term of two years and notional principal of US$ 2 million.

② We paid US$ 5 per share to (**purchase**) (**a**) (**US$50**) (**call**) (**option**) (**on**) 200 shares of ABC Inc.'s stock.

• 若預測將來股票會上漲，以本句為例，以每股 5 美元的權利金，購入履約價格 50 美元的買權，假設到期時實際股價為 60 美元，那麼行使選擇權就能以每股 50 美元的價格購入股票，再以當日的 60 美元售出，即可獲得每股 5 美元（= 60-50-5）的利潤。

Useful Expressions

請在（　　）中填入自己公司的數值資料，以完成介紹句。

我們買進了履約價格（　　　台幣），標的股票為（　　　公司名）（　　股數）的賣權。

We purchased a (NT　　　　) put option on (　shares) of (公司名　　　　)'s stock.

1. Issue a total of ... shares　總共發行……股

> 我們總共發行了 1,000 萬股，其中 80% 是普通股。
>
> We **issued a total of** 10 million **shares**, 80 percent of which are common shares.

2. Trade at ... per share　股價是每股……

> 假如 XYZ 公司的股價是每股 60 美元，而且每股盈餘 3 美元，它的本益比就是 20 倍。
>
> If XYZ Inc. is **trading at** US$ 60 **per share**, and earnings came in at US$ 3 a share, its PER is 20.

3. Declare a cash dividend of X plus a Y percent stock dividend per share　宣告發放每股 X 的現金股利，Y% 股票股利

> 我們宣告發放每股 45 分的現金股利，10% 的股票股利。
>
> We **declared a cash dividend of** 45 cents **plus a** 10 **percent stock dividend per share**.

♠ 解說與延伸

1. 「股票」也可用 stock，而 a total of ... 就是「總計、總額……」之意。另外，句中 of which 的 which 係指前述的 10 million shares。

2. PER 為 price earnings ratio（本益比）的縮寫。

3. 「宣告」也可用 announce。而 dividend 就是指「股利」，為可數名詞。

關鍵詞彙

• **dividend of X percent**	X% 的股利
• **dividend yield**	股利殖利率 = rate of dividend
• **common stock [share]**	普通股
• **preferred share [stock]**	特別股
• **market price issue**	市價發行
• **issue at the market price**	以市價發行

PER（本益比）

用來判斷股票投資價值的指標之一，為股價與盈餘能力之比值，亦即股價為每股盈餘的幾倍。例如若股價為 700 日圓，而每股的稅後盈餘為 70 日圓，那麼本益比就是 10 倍。

✏️ Exercises

請依照中文語意，於空格中填入適當詞彙以完成英文句子。

① 我們在去年三月發行了 2,000 萬股，使流通在外股數增加到了 1 億股。

We (　　) (　　) (　　) (　　) last March, which increased the number of (　　) shares to 100 million.

② 在 2010 年 12 月 31 日為止的年度，我們宣告發放每股 20 日圓的現金股利。

We (　　) (　　) (　　) (　　) of JPY 20 (　　) (　　) for the year ended December 31, 2010.

③ 我們的股價目前是每股 100 美元，每股盈餘 5 美元，所以本益比是 20 倍。

Our share price is now US$ 100 (　　) (　　); whereas its (　　) are US$ 5 (　　) (　　). Therefore, its (　　) is 20.

🔓 Answers

① We (**issued**) (**20**) (**million**) (**shares**) last March, which increased the number of (**outstanding**) shares to 100 million. **Notes** the number of shares outstanding 流通在外股數

② We (**declared**) (**a**) (**cash**) (**dividend**) of JPY 20 (**per**) (**share**) for the year ended December 31, 2010.

③ Our share price is now US$ 100 (**per**) (**share**); whereas its (**earnings**) are US$ 5 (**per**) (**share**). Therefore, its (**PER**) is 20.

Useful Expressions

請在（　　）中填入自己公司的數值資料，以完成介紹句。

在（　　日期　　）為止的本會計年度，我們宣告發放每股（　　台幣　　）的現金股利。由於流通在外股數有（　　股　　），因此股利總額是（　　台幣　　）。

We announced a cash dividend of (NT　　) per share at the end of (　　日期　　), this fiscal year. As the number of outstanding shares was (　　), the total dividend amount was (NT　　).

2 股票與債券　増資、減資、投資信託、
上櫃股票

1. Announce a capital increase of JPY ...　宣布要增資……日圓

ABC 公司宣布要增資 100 億日圓來融通新的投資方案。

ABC Inc. **announced a capital increase of JPY** 10 billion to finance a new project.

2. ... in investment trusts　……的投資信託

100 億美元的投資信託可資助全國 500 多個住房供給計畫。

US$ 10 billion **in investment trusts** finance more than 500 housing projects nationwide.

3. The degree of risk is more than double ...
風險是……的兩倍以上

上櫃股票的風險是藍籌股的兩倍以上。

The degree of risk for over-the-counter stocks **is more than double** that of blue chips.

♠ 解說與延伸

1. 「增資」可用 increase the capital 或 increase its stock。
2. investment trust 指「投資信託」，而 nationwide 為副詞，表「全國性地」之意。
3. over-the-counter stock 是指「上櫃股票」，縮寫為 OTC stock，另外還有 counter stock [share] 這種講法。

關鍵詞彙

- **capital increase plan**　　　　　　　　　增資案
- **capital reduction**　　　　　　　　　　　減資
- **standards for capital increase**　　　　　增資標準
- **outstanding balance of investment trusts**　投資信託餘額
- **over-the-counter [OTC] stock market**　　股票店頭市場
- **NYSE**　紐約證交所 = the New York Stock Exchange

over-the-counter market（店頭市場）

美國的 NASDAQ (= National Association of Securities Dealers Automated Quotation) 便是有名的店頭市場。店頭市場通常為弱勢股市場，但美國 NASDAQ 卻也有 Microsoft 等重量級優良企業的股票上櫃。

Exercises

請將下列英文句子（ ）內的部份做適當的「排列組合」，並在缺字的地方「補足詞彙」。

① ABC 公司昨天突然宣布減資三成。

ABC Inc. suddenly (capital　30　percent　a　announced) yesterday.

② 店頭市場的平均股價指數昨天突然漲了三成。

The average share price index on (suddenly　the　rose　market) 30 percent yesterday.

③ 截至上個會計年度為止，投資信託餘額是 30 億美元。

(balance　of　the　was　outstanding　investment) US$ 3 billion as of the end of last fiscal year.

Answers

解答中畫線的部份是補足詞彙。

① ABC Inc. suddenly (**announced a 30 percent capital <u>reduction</u>**) yesterday.

② The average share price index on (**the <u>over-the-counter</u> market suddenly rose**) 30 percent yesterday. **Notes** average share price index　平均股價指數

③ (**The outstanding balance of investment <u>trusts</u> was**) US$ 3 billion as of the end of last fiscal year.

Useful Expressions

請在（　　）中填入自己公司的數值資料，以完成介紹句。

我們在前幾天宣布，明年春天將增資（　　%）。經過這次增資，總實收資本將來到（　　台幣）。

We announced the other day that we will increase our capital by (percent) next spring. As a result of this increase, total paid-in capital will be (NT　　　).

公開收購、總市值、股東權益報酬率

1. Make a takeover bid at a price of US$ X per share
以每股 X 美元的價格公開收購

> ABC 公司以每股 9 美元公開收購 XYZ 公司所有流通在外股票。
>
> ABC Inc. **has made a take-over bid** for all the outstanding shares of XYZ Inc. **at a price of US$** 9.00 **per share**.

2. The total market value has doubled
總市值增加了一倍

> 在過去五年間，ABC 公司的總市值增加了一倍。
>
> **The total market value** of ABC Inc. **has doubled** during the past five years.

3. Companies with an ROE of no less than X percent
股東權益報酬率不低於 X% 的公司

> 你要是想投資股市，就應該去找股東權益報酬率不低於 20% 的公司。
>
> When you want to invest in the stock market, you should look for **companies with an ROE of no less than** 20 **percent**.

↟ 解說與延伸

1. all the outstanding shares 是指「所有已發行且流通在外的股票」。而 takeover bid（TOB）為「公開收購（股票）」之意。
2. 「總市值」也可說成 aggregate market value。
3. 除了 no less than ... 以外，可表達「不低於、至少有……」之意的說法還有 at the lowest ... 、... or more、at least ... 等。

關鍵詞彙

• **hostile takeover bid**　惡意收購

🔍 財務知識 **check!** ────────────────●

TOB（公開收購）

指股票的公開收購。針對不特定多數人提出公告，於交易場所外進行的股票收購行為。公開收購以取得企業經營權為目的，針對股東為對象進行。

aggregate [total] market value（總市值）

代表上市股票（個別股票或所有上市股票）的規模大小。

Exercises

請依照中文語意，於空格中填入適當詞彙以完成英文句子。

① ABC 公司對 XYZ 公司展開了 1,000 億美元的公開收購。

ABC Inc. launched (　　) US$ 100 (　　) (　　) (　　) (　　)
XYZ Inc.

② ABC 公司的總市值從三年前的 150 億美元增加到了 200 億美元。

The (　　) (　　) (　　) of ABC Inc. has (　　) (　　) US$ 20
(　　) fromUS$ 15 (　　) three years ago.

③ 過去五年來，ABC 公司每年的股東權益報酬率都不低於 20%。

The annual (　　) (　　) (　　) of ABC inc. has been (　　)
(　　) (　　) 20 percent for the past five years.

Answers

① ABC Inc. launched (**a**) US$ 100 (**billion**) (**takeover**) (**bid**) (**for**) XYZ Inc.
　Notes launch 展開

② The (**aggregate / total**) (**market**) (**value**) of ABC Inc. has (**increased**) (**to**) US$20 (**billion**) from US$
15 (**billion**) three years ago.

③ The annual (**return**) (**on**) (**equity**) of ABC Inc. has been (**no**) (**less**) (**than**) 20 percent for the past
five years.

Useful Expressions

請在（　　）中填入自己公司的數值資料，以完成介紹句。

由於日本的經濟泡沫化，使我們公司的總市值比 1980 年代末期下滑了（　%）。

Because Japan's economic bubble burst, the aggregate market value of our
company has dropped to (　　 percent) of what it was in the late 1980s.

4 股票與債券 **公債**

1. Redeem bonds in X years
債券在 X 年內到期還本

> 短中期的公債大部分都是在六年內到期還本。
>
> Most short-and-medium term government **bonds will be redeemed in** six **years**.

2. Redemption period of X years
到期日是 X 年

> 長期公債的到期日可分為 10、20 和 30 年。
>
> Long-term government bonds have **redemption periods of** 10, 20 and 30 **years**.

3. Bear X percent interest
年息 X%

> 美國國庫券年息有 10%。
>
> This US Treasury bond **bears** 10 **percent interest** per year.

♠ 解說與延伸

1. short-and-medium term 指「短中期」。而中長期就說成 medium-and-long term。bond 為可數名詞，goverment bonds 指政府發行的「公債」。另外，「公債」還可說成 government bill 或 government debt。
2. 「贖回、到期還本」用 redemption 表示，其動詞為 redeem。
3. US Treasury bond 為「美國國庫所發行的債券」。另外，此處的 bear 表示「孳息」之意。

關鍵詞彙

- **issue government bonds** 發行公債
- **increase the issuance of government bonds** 增發公債
- **gilt-edged bond** 金邊債券、優質債券（原指王室等所發行的鑲有金邊的債券，後來成為優質債券的代名詞。）

財務知識 check!

government bonds（公債）
國家為了籌措資金所發行的債券，其中短期公債的到期日在 1 年以內，中期公債為 2 ～ 5 年，長期公債則為 10 年以上。

Exercises

請將下列英文句子 ( ) 內的部份做適當的「排列組合」，並在缺字的地方「補足詞彙」。

① 日本公債最長的到期日是 30 年。

(of　the　government　bonds　longest　Japanese　period) are 30 years.

② 一般來說，長期債券的到期日最長都不超過 30 年。

Generally speaking, (years　are　be　bonds　within　long-term　to　30) at the longest.

③ 日本公債並不吸引人，因為年息只有 0.05%。

Japanese government bonds are not attractive because (annual　only　they interest　0.05　percent).

Answers

解答中畫線的部份是補足詞彙。

① (**The longest <u>redemption</u> period of Japanese government bonds**) are 30 years.

② Generally speaking, (**long-term bonds are to be <u>redeemed</u> within 30 years**) at the longest.

③ Japanese government bonds are not attractive because (**they <u>bear</u> only 0.05 percent annual interest**).

5 股票與債券 **公司債**

1. Bonds have an outstanding balance of ...
流通在外公司債餘額是……

ABC 公司流通在外的公司債餘額是 50 億日圓，占其負債之兩成。
ABC Inc.'s **bonds have an outstanding balance of** JPY 5 billion, which represents 20 percent of its liabilities.

2. Convertible bonds carry a slightly lower interest rate than ...
可轉換公司債的利率比……低一點

可轉換公司債的利率通常會比其他種類的公司債要低一點。
Convertible bonds usually **carry a slightly lower interest rate than** other types of bonds.

3. Maturities range from X day(s) to Y days
到期日介於 X 天到 Y 天

商業本票的到期日介於 1 天到 270 天，但最常見的是 30 天以內。
Commercial paper **maturities range from** 1 **day to** 270 **days**, but the most common is less than 30 days.

♠ 解說與延伸

1. 「公司債」除了用 bonds 外，也可用 debenture，不過 debenture 是指無擔保的公司債。另外，liabilities 指的是「負債」。
2. convertible bonds 是指「可轉換公司債」，也可說成 convertible debenture。另外，range from X days to Y days 也可用 between A and B days 表示。
3. maturity 就是「到期日」。

🔑 關鍵詞彙

• **corporate bond market**	公司債市場
• **raise the capital [finance]**	募資
• **matured bonds**	到期公司債

commercial paper (=CP)（商業本票）

企業或金融機構為了籌措短期資金，而在金融市場中發行、買賣的一種本票。通常為無擔保票券，只有優質企業才可以發行，故信用風險小，流動性大。

Exercises

請依照中文語意，於空格中填入適當詞彙以完成英文句子。

① 我們打算發行 50 億日圓的可轉換公司債。

We are planning to (　　　) JPY 5 billion in (　　　) (　　　).

② 我們總共發行了 5 億日圓的商業本票來融通擴廠案。

We (　　　) (　　　) (　　　) amounting JPY 500 (　　　) to finance our plant expansion project.

③ ABC 公司流通在外的債券與無擔保公司債總餘額是 5 億日圓。

The total (　　　) (　　　) of ABC Inc.'s (　　　) and (　　　) is JPY 500 (　　　).

Answers

① We are planning to (**issue**) JPY 5 billion in (**convertible**) (**bonds**).

② We (**issued**) (**commercial**) (**paper**) amounting JPY 500 (**million**) to finance our plant expansion project.

> **Notes** finance 籌資、融通　plant expansion project 擴廠案

③ The total (**outstanding**) (**balance**) of ABC Inc.'s (**bonds**) and (**debentures**) is JPY 500 (**million**).

Useful Expressions

請在（　　　）中填入自己公司的數值資料，以完成介紹句。

去年股價跌到（　　台幣）時，我們把（　　台幣）的公司債轉換成了（　　股）的普通股。

We converted a (NT　　　) bond to (　　　) shares of common stock when the share price dropped to (NT　　　) last year.

1. Have a taxable income of ...
課稅所得是……

> 我們在 2018 會計年度的稅前會計盈餘是 15 萬美元，課稅所得是 18 萬美元。
>
> We **had** a pretax accounting income of US$ 150,000 and **a taxable income of** US$ 180,000 in 2018 fiscal year.

2. Not deductible from taxable income
不可由課稅所得中減除

> 罰金不可由課稅所得中減除，但可在會計帳上盈餘中扣除。
>
> Penalties **are not deductible from taxable income**, but are deductible from book income.

♠ 解說與延伸

1. pretax accounting income 是指「稅前會計盈餘」，而「課稅所得」為 taxable income。
2. deductible 為「可減除的」之意，故 not deductible from taxable income 即「不可由課稅所得減除」。另外 taxable、book 分別代表「應課稅的」和「會計帳上的」。

關鍵詞彙

• after tax accounting income	稅後會計盈餘
• not included in taxable income	不包含在課稅所得中
• state and municipal bond interest income	州債及市政債利息所得
• taxable revenue	課稅營收
• deductible expense	可減除的費用

財務知識 check!

taxable income（課稅所得）

taxable revenue and deductible expenses（課稅營收與可減除的費用）

在會計上，稅前會計盈餘用收益減去費用而求得，但計算稅金時所用的課稅所得，則是以課稅營收減去可減除費用而算出。收益與課稅營收、費用與可減除費用未必一致。舉例來說，罰金由於具懲罰性質，故在會計上雖可算成費用，但在稅務上卻不被視為可減除費用，因此無法從課稅所得減除。既然無法從課稅所得減除，其所有金額就會被納入課稅對象，於是便增加了該部分的稅務負擔。另

一方面，會計上的收益也可能因稅務政策因素而不計入課稅營收，像美國聯邦稅法中所規定的州債及市政債利息所得便是一例。因為不對這些地方債的利息所得課稅，所以對投資人來說，地方債就能成為比公司債等更具魅力的金融商品，同時還可減輕發行者（地方政府）的利息負擔。由於會計上的稅前會計盈餘與稅務上的課稅所得會因不同的會計原則與稅法而有不同的計算方式，故兩者多半不一致。

Exercises

請依照中文語意，於空格中填入適當詞彙以完成英文句子。

① 在至 2009 年 12 月 31 日為止的年度，我們的稅前會計盈餘是 12 萬美元，課稅所得是 14 萬美元。

We had ( ) ( ) ( ) ( ) of US$ 120,000 and ( )
( ) ( ) of US$ 140,000 for the year ended December 31, 2009.

② 州債及市政債利息所得應計入會計帳上，但不計入課稅所得中。

State and municipal bond interest income is ( ) ( ) ( )
( ) but ( ) ( ) ( ) ( ).

Answers

① We had (a) (pretax) (accounting) (income) of US$ 120,000 and (a) (taxable) (income) of US$140,000 for the year ended December 31, 2009.

（此例的稅前會計盈餘為 12 萬美元，課稅所得卻是 14 萬美元，多了 2 萬美元。假設在會計上，收益為 20 萬美元，費用為 8 萬美元，那麼稅前會計盈餘就是 12 萬美元。至此，收益雖與課稅營收一致，但當費用中包含 2 萬美元不能算入可減除費用的罰金時，稅務上的可減除費用就變成 6 萬美元（＝8-2）。因此稅務上的課稅所得就是以 20 萬美元的課稅營收（與收益一致）－可減除費用 6 萬美元＝14 萬美元而求得。）

② State and municipal bond interest income is (included) (in) (book) (income) but (not) (in) (taxable) (income).

Useful Expressions

請在（ ）中填入自己公司的數值資料，以完成介紹句。

在至（ 年 月 日）為止的年度，我們的稅前會計盈餘是（ 台幣），
課稅所得是（ 台幣）。

We had a pretax accounting income of (NT) and a taxable income of
(NT) for the year ended ( ) ( ), ( ).

1. Net operating loss is carried back
淨營業損失遞轉前期

> 2012 年的淨營業損失 15 萬美元被遞轉前期至 2010 會計年度和 2011 會計年度。
>
> US$ 150,000 of the **net operating loss** in 2012 **was carried back** to profit years of FY 2010 and FY 2011.

2. Net operating loss is carried forward
淨營業損失遞轉後期

> 特定期間的淨營業損失可以遞轉後期來抵銷未來 20 年的盈餘。
>
> **Net operating loss** of a particular period can **be carried forward** to offset income of the next 20 years.

♠ 解說與延伸

1. net operating loss 為「營業上的淨損失」，亦即「淨營業損失」。而 carried back 則為「遞轉至前期」之意。

2. carried forward 指「遞轉至後期」，而 offset 是「抵銷」的意思。

🔅 關鍵詞彙

- **carryforward** — 遞轉後期
- **loss carryforward** — 損失遞轉後期
- **carryback** — 遞轉前期
- **loss carryback** — 損失遞轉前期
- **tax refund** — 退稅

 財務知識 check!

net operating loss（淨營業損失）

稅務上的課稅所得是以課稅營收減去可減除費用算出，當此差額為負值時，便會在稅務上產生所謂的淨營業損失。產生淨營業損失時，以美國聯邦稅法來說，可與前 2 期為止的課稅所得相抵銷，而該期便可獲得已支付稅金之退稅，這就叫淨營業損失的遞轉前期退稅。另一方面，無法抵銷的淨營業損失可遞延至下一期，最長能遞延 20 年，並與未來的課稅所得相抵銷，而這就稱為淨營業損

失的遞轉後期扣除。此外，產生淨營業損失時，不能同時併用上述的遞轉前期退稅和遞轉後期扣除，無法抵銷的淨營業損失就不適用遞轉前期退稅，只能單獨適用遞轉後期扣除。

Exercises

請依照中文語意，於空格中填入適當詞彙以完成英文句子。

① 2018 會計年度稅務上的淨營業損失 30 萬美元中，有 20 萬美元被遞轉前期以抵銷 2017 年的課稅所得，因而產生了 8 萬美元的退稅。

US$ 200,000 of the US$ 300,000 net operating loss for tax purposes in 2018 fiscal year (　　) (　　) (　　) (　　) (　　) 2017 taxable income, resulting in a (　　) (　　) of US$ 80,000.

② ABC 公司稅務上的營業損失遞轉後期金額計有 100 萬美元，遞轉後期期限 20 年。

Our operating loss carryforwards for tax purposes of ABC Inc. (　　) (　　) US$ 1 million and can (　　) (　　) (　　) for 20 years.

Answers

① US$ 200,000 of the US$ 300,000 net operating loss for tax purposes in 2018 fiscal year (**was**) (**carried**) (**back**) (**to**) (**offset**) 2017 taxable income, resulting in a (**tax**) (**refund**) of US$ 80,000.
Notes for tax purposes 基於稅務上的目的
② Our operating loss carryforwards for tax purposes of ABC Inc. (**amount**) (**to**) US$ 1 million and can (**be**) (**carried**) (**forward**) for 20 years.

Useful Expressions

請在（　　）中填入自己公司的數值資料，以完成介紹句。

在至（　年　月　日）為止的年度，我們的營業損失遞轉後期金額達
（　　台幣）。

Our operating loss carryforwards for tax purposes amount to (NT　　　) for the year ended (　　) (　　), (　　).

第
3
章

1. Have deductible [taxable] temporary differences of ...
可減除〔應課稅〕暫時性差異是

> 我們到年底的可減除暫時性差異是 30 萬美元，應課稅暫時性差異是 40 萬美元。
>
> We **had deductible temporary differences of** US$ 300,000 and taxable temporary differences of US$ 400,000 at the year-end.

2. A temporary difference of ... originated and will reverse
產生了……暫時性差異，並將迴轉

> 由於估計保固負債的會計方法不同，2019 年產生了 10 萬美元的暫時性差異，並將在未來三年迴轉。
>
> Because of different methods of accounting for estimated warranty liabilities, **a temporary difference of** US$ 100,000 **originated** during FY 2019 and **will reverse** over the next three years.

↑ 解說與延伸

1. deductible 為「可減除」之意，而 taxable 為「應課稅」之意。另外，temporary difference 為「暫時性差異」，而「永久性差異」則說成 permanent difference。

2. estimated warranty liabilities 是指「估計保固負債」。而 originate、reverse 分別表示「產生」和「迴轉、調整過來」的意思。

🔍📂 財務知識 check!

temporary difference（暫時性差異）
permanent difference（永久性差異）

由於在企業會計上的收益或費用認知標準與稅務上的認知標準不同，某些收益不被納入課稅營收，或某些費用可能不算入可減除費用，因而造成兩者產生差異，這些差異若是永遠無法消除的，就稱為「永久性差異」，若是能隨時間過去而消除的，則稱為「暫時性差異」。「暫時性差異」可說是由於在會計上某年度被視為收益、費用者在稅務上因認知基準不同而被歸入不同年度的課稅營收、可減除費用所造成，因此以完整期間的總值來看，其收益與課稅營收，和可減除費用便一定會一致。此外在「暫時性差異」中，當差異消除而使將來的課稅所得增加或減少的部分就分別稱為應課稅暫時性差異或可減除暫時性差異。

Exercises

請依照中文語意，於空格中填入適當詞彙以完成英文句子。

① 我們的可減除暫時性差異是 50 萬美元，應課稅暫時性差異是 20 萬美元。

We had (   ) (   ) (   ) of US$ 500,000 and (   ) (   )
(   ) of US$ 200,000.

② 2019 年時，我們公司產生了 6 萬美元的暫時性差異，並將在未來四年計入減除額迴
轉之。

During 2019, a (   ) (   ) of US$ 60,000 (   ) for our company
and will result in deductible amounts in each of the four years it takes to
(   ).

Answers

① We had (**deductible**) (**temporary**) (**differences**) of US$ 500,000 and (**taxable**) (**temporary**)
(**differences**) of US$ 200,000.

② During 2019, a (**temporary**) (**difference**) of US$ 60,000 (**originated**) for our company and will
result in deductible amounts in each of the four years it takes to (**reverse**).

Notes result in deductible amounts 納入減除額

Useful Expressions

請在 (   ) 中填入自己公司的數值資料，以完成介紹句。

我們的可減除暫時性差異是（   台幣），應課稅暫時性差異是（   台幣）。

We have deductible temporary differences of (NT   ) and taxable temporary
differences of (NT   ).

4 稅務 **遞延所得稅資產、遞延所得稅負債**

1. **Deductible temporary difference of X is multiplied by the enacted tax rate of ... percent to arrive at a deferred tax asset (liability) of Y**　X 的可減除暫時性差異乘以法定稅率……%，可得出遞延所得稅資產〔負債〕為 Y

> 50 萬美元的可減除暫時性差異乘以法定稅率 40%，可得出遞延所得稅資產為 20 萬美元。
>
> **Deductible temporary difference of** US\$ 500,000 **is multiplied by the enacted tax rate of** 40 **percent to arrive at a deferred tax asset of** US\$ 200,000.

2. **It is more likely than not that deferred tax assets will be realized**　遞延所得稅資產實現的可能性很大

> ABC 銀行相信，其資產負債表上所報導的遞延所得稅資產實現的可能性很大。
>
> ABC bank believes **it is more likely than not that** all of the **deferred tax assets** reported on its balance sheet **will be realized**.

✦ 解說與延伸

1. A is multiplied by B 表「A 乘以 B」之意，enacted tax rate 指「法定稅率」，而 arrive at 是「得出」的意思，其他同義說法還包括 account for 或 declare 等。另外，deferred tax asset 代表「遞延所得稅資產」。

2. reported on ...「已於～報導的」。而 more likely than not 則表示「（有超過 50% 的機率）可能性很高」之意。

 財務知識 check! ─────────────────────

deferred tax assets（遞延所得稅資產）

deferred tax liabilities（遞延所得稅負債）

以本期收益為 500 美元、費用 300 美元，稅前會計盈餘為 200 美元的公司為例。在稅率為 40% 的情況下，會計上的所得稅費用為 80 美元（= 200 × 0.4）。在此收益雖與課稅營收一致，但當 300 美元的費用中包含在稅務上屬於下一期可減除費用的 100 美元可減除暫時性差異時，課稅所得就為 300 美元（= 500-200），實際應付所得稅便是 120 美元（= 300 × 0.4），比會計上的所得稅費用多了 40 美元。另一方面，在下一期暫時性差異消除時，由於可扣抵費用會比費用多 100 美元，於是課稅所得就比稅前會計盈餘少 100 美元，如此一來，實際支付的稅金便比會計上的稅金

少 40 美元。因此在發生可減除暫時性差異的年度，便將 40 美元視為預先支付未來的所得稅，而算入遞延所得稅資產。可是，若下一期的課稅所得為 50 美元，則雖然 100 美元的暫時性差異會消除而成為新的可減除費用，但因將發生淨營業損失，只會使原本 20 美元的稅金降為 0，結果原本預計未來稅金會減少而計入遞延所得稅資產的 40 美元只有一半實現，形成高估的情況。所以說在計算遞延所得稅資產時，一定要將其未來實現的可能性納入考量才行。

Exercises

請依照中文語意，於空格中填入適當詞彙以完成英文句子。

① 20 萬美元的應課稅暫時性差異乘以法定稅率 40%，可得出遞延所得稅負債為 8 萬美元。

Taxable (　　) (　　) of US$ 200,000 is (　　) (　　) (　　) (　　) (　　) (　　) of 40 percent (　　) (　　) (　　) a deferred tax liability of US$ 80,000.

② 我們研判，30 萬美元的遞延所得稅資產有可能不會實現。

We determined (　　) (　　) (　　) (　　) (　　) (　　) that US$ 300,000 of the (　　) (　　) (　　) would not be realized.

Answers

① Taxable (**temporary**) (**difference**) of US$ 200,000 is (**multiplied**) (**by**) (**the**) (**enacted**) (**tax**) (**rate**) of 40 percent (**to**) (**arrive**) (**at**) a deferred tax liability of US$ 80,000.

（所謂的暫時性差異其實也包括了各式各樣的不同項目。將某個暫時性差異項目乘以稅率而算出遞延所得稅資產、負債時，差異用 difference 表達，資產與負債則分別用單數形的 asset 和 liability。而相對於此，若有多項暫時性差異存在而將它們合併計算時，就須使用複數形 differences、assets 及 liabilities，這點請特別注意了。）

② We determined (**it**) (**was**) (**more**) (**likely**) (**than**) (**not**) that US$ 300,000 of the (**deferred**) (**tax**) (**assets**) would not be realized.

Useful Expressions

請在（　　）中填入自己公司的數值資料，以完成介紹句。

我們研判，（　　　台幣）的遞延所得稅資產有可能不會實現。

We determined it was more likely than not that (NT　　) of the deferred tax assets would not be realized.

Review 1

請透過以下測驗，檢視你對本章內容的理解度。（解答請參考第 203 頁）

Part I 請寫出以下術語之中譯及其定義。

（**1**）recurring profit

中譯

定義

（**2**）ratio of R&D expenses to sales

中譯

定義

（**3**）goods-in-process turnover ratio

中譯

定義

（**4**）capital-asset ratio / equity ratio

中譯

定義

（**5**）PER (price earnings ratio)

中譯

定義

Part II 請寫出與以下詞組意義相同的詞組。

（**1**）net income =

（**2**）stock-taking =

（**3**）payment deadline =

（**4**）rate of dividend =

（**5**）total market value =

Part III 請依據中文語意，於空格中填入適當詞彙以完成英文句子。

（**1**）我們的營業利益率比去年進步了 15%，但是由於營業外損失增加，使經常性獲利率衰減了 5%。

Our (①   ) (②   ) (③   ) improved by 15 percent last year, but due to increases in (④   ) (⑤   ), the (⑥   ) (⑦   ) (⑧   ) (⑨   ) by 5 percent.

（**2**）我們設法減少了 30% 的呆帳，因而產生了 3,000 萬日圓的額外獲利。

We were able to (①   ) our (②   ) (③   ) (④   ) by 30 percent, which contributed to an (⑤   ) (⑥   ) of JPY 30 million.

(3) 由於最近經濟衰退，我們工廠的產能利用率從平常的 95% 下滑到 80%。

Due to the recent (①   ) (②   ), our (③   ) (④   ) (⑤   )

has (⑥   ) (⑦   ) to 80 percent from the (⑧   ) 95 percent.

(4) 在過去五年間，我們的權益比率從 25% 惡化到 15%。

Our (①   ) (②   ) has (③   ) from 25 percent to 15 percent

(④   ) the past five years.

(5) 我們公司宣告，將派發每股 15 日圓的現金股利與 7% 的股票股利。

We declared (①   ) (②   ) (③   ) of JPY 15 plus (④   ) 7

percent (⑤   ) (⑥   ) (⑦   ) share.

(6) 我們公司以每股 12 美元公開收購了 ABC 公司所有流通在外股票。

We have made a (①   ) (②   ) for all the (③   ) (④   ) of

ABC Inc. (⑤   ) (⑥   ) (⑦   ) of US$ 12.00 (⑧   ) share.

Part IV 請依據中文語意，適當排序（   ）中的詞彙。

(1) 我們今年的銷貨收入驟減到只有去年的四分之一。

Our sales revenue this year (plummeted   the   one-fourth   of   year   only to   that   previous).

(2) 與去年相較，我們應該減少 25% 的研發費用。

We should reduce (percent   by   compared   and   with   expenses   25 development   last   year   research).

(3) 我們每位員工的年產出可達 2,500 萬日圓。

(production   employee   our   amounts   million   JPY   25   annual   output per   to).

(4) 我們的流動比率惡化到 130%，比去年低了 35 個百分點。

(than   points   year   lower   which   130   percentage   percent   our current   ratio   deteriorated   is   35   to   last).

(5) 我們的公司債餘額是 30 億日圓，占全部負債的 15%。

Our bonds (① JPY 3   have   billion   an   of   outstanding   balance), which

(② of   liabilities   15   represents   percent   its).

Review 2

請透過以下測驗，檢視你對本章內容的理解度。（解答請參考第 204 頁）

Part I 請寫出以下術語之中譯及其定義。

（**1**）overdraft

> 中譯
>
> 定義

（**2**）notes receivables

> 中譯
>
> 定義

（**3**）factoring

> 中譯
>
> 定義

（**4**）bonds with stock warrants

> 中譯
>
> 定義

（**5**）retained earnings

> 中譯
>
> 定義

（**6**）temporary difference

> 中譯
>
> 定義

Part II 請寫出與以下詞組意義相同的詞組。

（**1**）debt security =

（**2**）tangible fixed assets =

（**3**）be NSF (not-sufficient-fund) =

（**4**）redeem =

（**5**）subtract =

Part III 請依據中文語意，於空格中填入適當詞彙以完成英文句子。

（**1**）2010 年 3 月 31 日時，我們公司的短期借款餘額有 120 萬美元。

On March 31, 2010, our (①   ) (②   ) (③   ) shows (④   ) (⑤   ) (⑥   ) US$ 1,200,000.

（**2**）我們估計，總應收帳款大概會有 7% 無法回收。

We estimate about 7 percent of (①   ) (②   ) (③   ) will become (④   ).

（**3**）我們向 ABC 銀行貼現的 7 萬美元票據在到期日遭到了拒付。

The US$ 70,000 (①   ) we (②   ) at ABC bank was (③   ) on its (④   ) (⑤   ).

(4) 這棟大樓將以直線法分 40 年攤提折舊。

The building will be (①   ) over 40 years (②   ) (③   ) (④   )
(⑤   ).

(5) 我們贖回了 2014 年 4 月 1 日所發行 50 萬美元、利率 1.5% 的公司債。

We (①   ) US$ 500,000 of our 1.5 percent bonds, which were
(②   ) (③   ) April 1, 2014.

(6) 來自營業活動所產生的淨現金達到了 150 萬美元，比前一個會計年度增加了 20%。

Net cash (①   ) from (②   ) (③   ) (④   ) US$ 1.5 million, up
20 percent from the previous fiscal year.

(7) 我們研判，50 萬美元的遞延所得稅資產有可能不會實現。

We determined it was (①   ) (②   ) than not that US$ 500,000 of
the (③   ) (④   ) (⑤   ) would not be (⑥   ).

Part IV 請依據中文語意，適當排序（   ）中的詞彙。

(1) 我們因票據貼現而產生的或有負債金額為 5 萬美元。

We are (notes on discounted of liable amount the contingently in)
US$ 50,000.

(2) 2009 年時，我們以每股 30 美元發行了 3 萬股、面額 3 美元的普通股。

In 2009, we issued 30,000 shares (stock par per common value
US$ 30 share of US$ 3 for).

(3) 在截至 2010 年 12 月 31 日止的會計年度，我們在損益表上報導了 50 萬美元的淨
損。

We reported (US$ 500,000 on fiscal statement the a net for loss
income ended of our year) December 31, 2010.

(4) 我們增加對 ABC 公司的持股至 45%。

(ABC Inc. we equity percent in to increased interest 45).

公司績效的評價標準

公司績效 (corporate performance) 的評價標準會隨時代變化。

在經濟快速成長的時代 (age of rapid economic growth)，多半都以銷售額規模 (scale of sales revenue) 來評估公司績效。

結果造成銷售極大化 (sales maximization)、多角化 (diversification)、快速開設分店 (branching out) 等策略，使絕大多數的公司都走向相同道路。大家尤其熱衷於海外投資 (overseas investment)、不動產投資（real estate investment），大型建設公司 (construction company) 積極走向海外，讓人一度以為整個美國都要被日本買下 (buying up) 了。這時的資金來源 (source of funds) 來自日本不動產價格持續上漲 (spiraling land prices) 所增加的抵押品價值 (hypothetical value)。日本人在世界各地一間接著一間地收購 (acquisition / buy-out) 飯店，被稱為飯店大王的就有好幾人，但後來隨著泡沫破滅 (bubble burst)，這些人便蒙受了巨大損失 (incur a big loss)，終至破產 (bankruptcy)。

在此經濟快速成長時期，事業自然擴大 (expand of itself)，利潤也自然而然地上升，所以大家都沒把營運費用的控管 (control of operating expenses) 當作一回事。交際費 (entertainment expenses) 無上限 (limitless)，夜晚的銀座滿是利用公費大方花天酒地的人（junketeer。而用交際費肆無忌憚地吃喝玩樂可說成 wine and dine on an expense account）。

後來狀況突然逆轉，陷入了經濟衰退 (recession)，企業績效便極其自然地改以獲利率 (profit ratio) 及利潤總額 (profit amount) 等來評估。於是多角化轉為對本業專業化 (specialization)、強化成本控管 (strengthening of expense control)、提高生產力 (productivity improvement)、削減人力 (reduction of workforce)、減薪（salary cut。其中工資有 salary 和 wage 兩種說法，前者指白領階級的薪水，後者則通常代表藍領勞工的工資）等策略一個接著一個推行。

日本過去幾乎沒有裁員 (lay-off) 這種事，因此許多公司流行以鼓勵提早退休 (early retirement) 以及轉任兼職 (part-timer / casual worker) 等方式應對。

設備投資 (equipment investment) 大幅滑落、廣告經費 (advertising expenses) 被削減、獎金制度 (bonus system) 陷入危機、個人消費 (consumer spending) 低落，最終此一不利影響又將回饋至企業而陷入惡性循環 (vicious cycle)。

企業為了確保銷量，便走向價格競爭 (price competition) 一途，結果獲利率因此下降，免不了又再陷入營業績效不佳 (poor business results) 的問題。此外為了維持利潤而削減前述包含人事成本 (personnel cost) 的各項經費，則更進一步導致全體購買力下降 (decline in purchasing power)。

不過並非所有企業的績效都惡化，有部分優質企業在這樣嚴峻的經濟環境中，仍能穩定提升獲利，因此產生了「贏家」與「輸家」的兩極化 (polarization) 現象。這不就證明了，只有能從根本上檢討企業傳統系統，並對應調整的制度或系統迅速做出回應的企業才能成功。而這類勝出企業在傳統用於評估績效的許多指標（management index，複數形為 indices 或 indexes）上，應該都極具水準才對。例如在存貨周轉率 (inventory turnover ratio)、權益比率 (equity ratio / ratio of net worth to total capital)、銷售與管理費用對銷售額比 (ratio of sales and general administrative expenses to sales revenue) 及流動比率 (current ratio) 等項目的表現上，肯定都十分傑出。因為這些指標都不屬於企業活動成果的直接形成原因。

除此之外，近年來大家對企業的未來策略要求也變得更高。包括脫離加拉巴哥症候群 (Galápagos Syndrome) 與更多的全球策略，尤其是以稀土 (rare earth) 為首的天然資源保衛戰，還有針對以中國為核心之新興國家勞資糾紛或工資高漲等生產據點策略 (strategy for manufacturing base) 的有無、好壞等，也都被視為影響企業評價的因素。由此可知，現今大家不再只以「銷售額」規模來評價企業績效，而會透過上述這些指標來進行綜合評估。

現代社會所需之優質企業

　　優質企業 (excellent companies) 的評價標準（evaluation criteria——單數為 criterion）是會隨時代而變化的。

　　距今 30 ～ 40 年前，所謂的好公司，就是有實力的大公司。列入世界前 500 大的企業（Fortune 500 company——通常使用單數）便算是好公司。也就是說，銷售額 (sales revenue) 要極大、獲利率／股東權益報酬率 (profit ratio / ROE) 要理想、給股東 (stockholders / shareholders) 的股利要夠多 (handsome dividend)、股價要高、付給員工的薪水要好。尤其重視財務強度 (financial strength)，亦即銷售利潤比 (sales profit ratio)、投資報酬率 (ROI)、速動比率 (acid ratio)、權益比率 (equity ratio)、股利支付率 (dividend payout ratio) 等都很關鍵。

　　然而從 80 年代到了 90 年代，好公司的定義轉變為重視其 stakeholder（＝利害關係人）的公司，也就是能顧慮到公司的關係人，包含股東、員工、當地居民、消費者等之生活、環境的公司。尤其要具環保意識 (environmentally conscious)、零廢棄 (zero land filling) 且高度透明 (high transparency)、遵循法令 (law abiding) 又熱心參與並舉辦社會公益活動 (social contribution activities) 的公司，才稱得上是好公司。另外，提供員工育嬰假 (maternity leave / child care leave)、社會服務假 (social services leave)、家庭照顧假 (family care leave) 等休假制度，也都成了優良公司的必備條件。

　　現在甚至出現了評估企業之環境重視程度的環境會計 (environmental accounting / green accounting)，只不過它目前仍在研究討論階段，尚未確立。

　　接著進入 21 世紀後，陸續傳出 Enron Corp. 及 Worldcom 等窗飾財務報表 (window dressing) 的企業醜聞 (corporate scandals)，使得公司治理 (= corporate governance) 方面開始備受重視。也就是說，企業對於市場 (market)、環境 (environment)、人類 (human being 或 humankind)、社會 (society) 等負有社會責任 (CSR = Corporate Social Responsibility)，而為了

履行這些責任，企業必須在 corporate governance 之下發揮領導力，並依遵循法令（compliance = 遵守法律、規則等）、資訊揭露（disclosure = 公開企業資訊）等原則，將經營狀況充分傳達 (communication) 給社會。附帶一提，這裡提到的 governance 與 government 來自同一語源，還有相關的形容詞 governable 存在。其中 governable 一詞常被誤譯為「有統治能力的」，但它其實是「可統治的」之意。例如二次大戰後，美軍留駐日本，就曾有「The Japanese are governable citizens.」這種說法，這句的意思不是「日本人是有統治能力的人民」，而是「日本人是乖巧易於統治的人民」。

現在讓我們回到企業社會責任的話題，隨著電信通訊的發達及個人資訊的電子化發展，個人資訊洩漏的事件不斷發生。為了因應此問題，日本政府便鼓勵大家取得以個人資料保護法 (Personal Information Protection Act) 為基礎的隱私權標章 (Privacy Mark)。另外由於年度證券報告的資料虛報等事件也引發了各方注意，故為了保證企業財務報表的正確性，內部控制 (internal control) 的強化就變得極為必要，企業甚至因此被迫支付巨大的額外開支。

至於在員工的雇用方面，在長期的經濟不景氣、2007 年的美國次級房貸 (subprime mortgage) 問題，以及 2008 年雷曼兄弟 (Lehman Brothers) 破產事件所造成之全球金融危機的影響下，企業放棄終身雇用制 (life-time employment)、正職員工 (permanent employee) 比例降低、改用兼職人員、解雇員工等情況急遽增加。因此現在商務人士對企業的第一個要求，應該就是「不因利潤壓縮而解雇員工」了吧。

無論如何，好公司也該是能令人感動的公司 (exciting company)，是能提供具挑戰性工作 (challenging job [career]) 的場所。也有人用「fun to work」來形容，所以能提供快樂工作環境的公司，應該也算得上是好公司吧。

不過正如前述，公司對於利害關係人是有責任的，若無法產生合理的利潤 (reasonable profit)，就不可能對社會做出貢獻。故由此觀點來看，所謂的好公司必須是 sustainable（可持續發展）且 reasonably profitable 的。而這對任何企業來說，應該都是不可妥協的最低標準 (rock bottom) 吧。

加值篇

金融市場與總體經濟

金融機構 Financial Institution

1. **商業銀行**乃以收受存款，供給短、中期信用為主要任務之銀行。

   Commercial banks are banks whose main task is to accept deposits and provide short-and-medium-term credit.

2. **證券商**的業務有承銷、自營與經紀。

   Securities firms are engaged in underwriting, dealing and brokerage.

   Notes　·underwriter 承銷商　·dealer 自營商　·broker 經紀商

   > 證券承銷商協助企業發行股票或債券，證券自營商以自己名義買賣有價證券，證券經紀商則代客買賣有價證券。

3. 保險公司在承保危險事故發生時，依其責任負擔賠償之義務，有**人壽保險**與**產物保險**兩大類。

   When an accident underwritten by an insurance company actually happens, it shall be liable for the compensation according to its responsibility. There are two major types of insurance: **life insurance** and **property insurance**.

   > 人壽風險意指一切與人相關的風險，包含因疾病或死亡所造成的經濟損失；產物風險係指個人因擁有或使用財產所造成的直接風險及間接風險。

4. **金融控股公司**控有銀行、證券及保險公司，可發揮跨業銷售、成本降低、資源互享效益。

   Financial holding companies, which control banks, securities and insurance companies, can carry out cross-selling, cost-saving and resource-sharing.

財務知識 check!

存款與授信

存款意指向不特定多數人收受款項，並以大於等於存款的金額返還，包括支票存款、活期存款、定期存款等。授信意指銀行辦理放款、透支、貼現、保證、承兌及其他經中央主管機關指定之業務項目。

2 股票市場 Stock Market

1. **普通股**為一種權益證券，擁有普通股即表示投資人擁有公司所有權的一部分。

Common stock is an equity security. Owning common stock means that the investor possesses part of the ownership of the company.

2. 股東的權利包括公司控制權、**優先認購權**、剩餘財產分配權及盈餘分配權。

The rights of shareholders include the control right of the company, the **preemptive right,** the right of distribution of residual property, and the right of distribution of earnings.

> 優先認購權可使原股東免於股份價值因增資而遭到稀釋，且增資後持股比例相同，對公司的控制權可維持不變。
>
> 若公司因財務危機而必須清算 (liquidate) 時，請求權 (claim) 順位先後為負債 (debt)、特別股 (preferred stock)、普通股，即普通股股東享有剩餘財產分配權。

3. 上市股票係指在**證券交易所**掛牌交易的股票，通常都要具有一定的規模才可上市。

Listed stocks refer to the stocks listed and traded on the **securities exchange.** They can be listed only if they are of a certain scale.

> **Notes** · listed company 上市公司

4. 股票投資分析可分為**基本分析**與**技術分析**。

Stock investment analysis can be divided into **fundamental analysis** and **technical analysis**.

5. 股票投資的報酬包括：**股利收益**與**資本利得**。

The returns for investing in stocks include: **dividends** and **capital gains**.

> 現金股利是公司直接以現金支付股東，而股票股利則是配發股票；資本利得指股票賣出的價格超過買進成本的差額。

🖊️⭕ 財務知識 check!

基本分析與技術分析

基本分析是由經濟環境、產業因素、個別公司等各層面來推估股票的價值；技術分析則是利用線形及過去的經驗，依據股票的價量表現來判斷股價的走勢。

3 債券市場 Bond Market

1. **債券**乃由政府或公司於資本市場所發行的債務憑證，發行者同意在未來的特定時日無條件支付一系列的利息，並在特定時日償還本金給投資人。

   Bonds are debt certificates issued by the government or a company in the capital market, and the issuer agrees to unconditionally pay interest at specific times in the future, and to repay the principal to the investors at a specific time.

   > 由政府發行者稱為政府公債（一年以上）或國庫券（一年以內），由公司發行者稱為公司債。
   >
   > **Notes** · treasury bond 政府公債　· treasury bill 國庫券　· corporate bond 公司債

2. **票面利率**為債券每年的利息除以面額後的比率。

   The **coupon rate** is the rate at which the annual interest on the bond is divided by the face value.

3. 債券的投資風險低於普通股，因其請求權順位優先於普通股。

   The investment risk of bonds is lower than that of common stocks, because their claims have priority over common stocks.

4. 不支付利息，以低於面額的價格發行，只須於到期日償還面額的債券，稱為**零息債券**。

   A bond with no interest, issued at a price lower than its face value and only to be repaid at maturity, is called a **zero-coupon bond**.

5. **債券評等**乃依違約機率的高低來決定債券等級，等級愈高的債券發生違約的可能性愈低。

   Bond rating is decided according to the probability of default. The higher the bond rate is, the less likely for it to default.

   > 投資級 (investment grade) 債券指的是信用評等為 BBB 以上的債券，投機級 (speculative grade) 債券為 BBB 以下之債券，即垃圾債券 (junk bond)。

 財務知識 check!

抵押債券與信用債券

抵押債券 (mortgage bond) 係以固定資產作為擔保品所發行的債券；信用債券 (debenture bond) 並未提供任何資產作為擔保品，又稱為無擔保債券。

4 外匯市場 Foreign Exchange Market

1. **外匯**通常指可作為國際商業交易之支付工具的可兌換通貨，包括美元、英磅、歐元、日圓等。
   Foreign exchange is commonly referred to as convertible currency, which can be used as the payment instrument for international commercial transactions. US dollar, Great British pound, Euro and Yen are some of the convertible currencies.

2. 外匯市場係指外匯的供給與需求者進行交易，並共同決定外匯價格（即**匯率**）之場所。
   Foreign exchange market refers to the place where the supply and demand parties of foreign exchange conduct transactions and jointly determine the foreign exchange price (i.e., the **exchange rate**).

3. 外匯市場的參與者包括外匯指定銀行、外匯自營商、外匯經紀商、中央銀行、一般個人及法人、**投機者**及**套匯者**等。
   Participants in the foreign exchange market include the designated foreign exchange banks, foreign exchange dealers, foreign exchange brokers, central banks, common individuals and juristic persons, **speculators** and **arbitragers**, etc.

   > 外匯指定銀行指可從事外匯業務之銀行，須經中央銀行核准後才可辦理，如本國外匯的指定銀行、外國銀行在本國的分行 (branch) 等。

4. 依外匯交割日的長短可分為**即期匯率**與**遠期匯率**。
   According to the delivery terms of foreign exchange, there can be the **spot rate** and the **forward rate**.
   Notes　· delivery 交割

5. 依銀行向顧客買入或賣出外匯可分為**買入匯率**及**賣出匯率**。
   And depending on whether the bank buys from or sells to customers, there can be the **bid rate** and the **offer rate**.

🔍 財務知識 check!

即期匯率與遠期匯率
即期匯率係指成交後兩日內必須進行交割之外匯價格；遠期匯率指成交後兩日以上才須進行交割之外匯價格。

買入匯率與賣出匯率
買入匯率指「銀行向顧客」買入外匯之價格；賣出匯率指「銀行向顧客」賣出外匯之價格。

5 期權市場 Futures and Options Market

1. **期貨契約**約定於未來特定時點以約定的價格買賣一定數量的標的物，主要有**商品期貨**與**金融期貨**兩大類。

   A **futures contract** specifies that a certain amount of an underlying will be bought or sold at a specific time point in the future at an agreed price. There are two major types of futures: **commodity futures** and **financial futures**.

   > 商品期貨包括農產品期貨、金屬期貨與能源期貨 (energy futures)；金融期貨則有利率期貨 (interest rate futures)、股價指數期貨 (stock index futures) 與外匯期貨 (foreign currency futures)。

2. **選擇權契約**的買方有權利在一定期間內依**履約價格**向賣方購買（或出售）一定數量的標的物，可分為**買權**與**賣權**。

   The buyer of an **option contract** has the right to buy (or sell) a certain amount of the underlying to the seller within a certain period of time at the **strike price**. In other words, there can be **call option** and **put option**.

3. 選擇權的賣方有義務應付持有人執行購買或出售權利之要求。

   The seller of an option is obligated to exercise the buyer's demand for the right to buy or sell.

4. 買進選擇權必須支付賣方一筆**權利金**，不論將來是否執行權利，權利金皆不予退還。

   The buyer of a call option must pay the seller a non-refundable **premium**, whether the option is exercised in the future or not.

 財務知識 check!

買權與賣權

買權係指持有人有權利在一定期間內執行「購買」一定數量標的物的權利；賣權則指持有人有權利在一定期間內執行「出售」一定數量標的物的權利。

6 共同基金 Mutual Fund

1. **共同基金**是將多數投資人的資金集中在一起，交由專業的資產管理機構負責管理。

   Mutual funds pool most investors' money together and place it in the hands of a professional asset manager.

   > 共同基金的投資風險包括：市場風險 (market risk)、利率風險 (interest rate risk)、匯兌風險 (exchange rate risk) 等。

2. 共同基金的投資收益與風險由投資人自行承擔，投資收益包括**利息收入**、**股利收入**及**資本利得**。

   The investment returns and risks of mutual funds are borne by the investors themselves. The investment returns include **interest income**, **dividend income** and **capital gains**.

3. 在景氣好時應提高風險性資產的投資比例，如**股票型基金**；在景氣差時則以固定收益資產為主要投資標的，如**債券型基金**。

   In good times, the proportion of risky assets, such as **stock funds** should be increased; in bad times, the fixed-income assets, such as the **bond funds**, should be the main investment target.

4. 依投資區域區分，共同基金可分為全球型、區域型與單一國家型。

   By investment regions, mutual funds can be divided into three types: global, regional or single-country.

   > 全球型基金 (global fund) 遍及全球主要的證券市場，如美國、歐洲及亞洲等；區域型基金 (regional fund) 的投資區域僅集中於某一地區，如歐洲基金或亞洲基金等；單一國家型基金 (country fund) 的投資區域更小，僅局限於某單一國家，如日本基金、台灣基金等。

5. 在選擇共同基金時，應注意基金經理公司、基金過去績效、基金資產配置、基金經理人及基金收費等。

   When selecting mutual funds, attention should be paid to the fund management companies, past performance of the fund, asset allocation of the fund, the fund managers and the fees, etc.

財務知識 check!

定期定額投資與單筆投資

共同基金的投資方式分為定期定額投資及單筆投資兩種，定期定額投資適合用來做長期的理財規劃，單筆投資則在有閒錢時才使用。

股票型基金與債券型基金

股票型基金主要以上市股票為投資標的，追求中長期的資本利得；債券型基金係以政府公債、公司債等為主要投資標的。

7 中央銀行貨幣政策 Monetary Policy of Central Bank

1. **中央銀行**的政策目標包括穩定物價、降低失業、追求經濟成長及穩定匯率。

The **central bank**'s policy objectives include stabilizing the prices of goods, reducing the unemployment rate, pursuing economic growth, and stabilizing the exchange rate.

2. **貨幣供給**可分為 M1a、M1b 及 M2 三種不同的定義，當 M1b 的年增率上升時，對股市是利多的消息。

Money supply can be divided into three different types: M1a, M1b and M2. When the annual growth rate of M1b increases, it is good news for the stock market.

> M1a ＝流通在外通貨 (currency) ＋支票存款 (check deposit) ＋活期存款 (demand deposit)
> M1b ＝ M1a ＋活期儲蓄存款 (demand savings deposit)
> M2 ＝ M1b ＋準貨幣 (Quasi-money)
> 準貨幣包括定期存款 (time deposit)、郵政儲金總數、外匯存款等。

3. **貨幣政策**是指利用經濟工具去擴張或收縮貨幣的供給，在景氣衰退時，降低利率以刺激經濟成長，景氣過熱時調高利率抑制之。

Monetary policy refers to the use of economic tools to expand or reduce the supply of money. In a recession, the interest rates are lowered to stimulate economic growth; on the other hand, if the economy gets overheated, the interest rate should be raised to cool it.

4. 貨幣政策工具有存款準備率、**重貼現率**、**公開市場操作**等。

Monetary policy tools include the reserve rate, the **rediscount rate** and the **open market operations**, etc.

加值篇

📢🔍 財務知識 check! ————————————————————————

重貼現率與公開市場操作

重貼現率代表銀行向中央銀行融通資金的成本，中央銀行可藉由重貼現率的調整，來影響整個市場的資金水位。

公開市場操作是指中央銀行為了調整市場資金水位，在次級市場上買賣有價證券的行為。如欲增加銀行的資金，可向銀行買進有價證券，達到釋放資金給銀行的目的。

1. **景氣循環**係指整個經濟體沿著長期趨勢循環波動的一種方式。

Business cycle refers to a way in which the whole economy fluctuates in a cyclical manner along a long-term trend.

> 景氣循環為一種週而復始的變動,故可將其分為擴張期與收縮期二個階段。

2. 經濟指標可依據其反應快慢分為:**領先指標**、**同時指標**與**落後指標**。

Economic indicators can be divided into the **leading indicator**, the **coincident indicator** and the **lagging indicator**, according to their response speed.

3. **國民生產毛額**意指在特定期間內,一國「國民」所生產最終財貨與勞務的總金額。

Gross national product (GNP) means the total amount of final goods and services produced by a country's "national people" within a given period.

4. 當**消費者物價指數**愈高,代表**通貨膨脹**的情況愈嚴重,利率調高的可能性會上升。

The higher the **consumer price index (CPI)** is, the more serious the situation of **inflation** will be, and the more likely the interest rate will be raised.

> 通貨膨脹係指在一經濟體系中,其一般物價水準呈現持續上揚之現象。

5. 失業是指一個 15 足歲以上的人,現在沒有工作、可以馬上工作,且正在找工作的狀態。

Unemployment refers to the situation when a person over the age of 15 is jobless, able to work immediately and looking for a job.

Notes 失業率 (unemployment rate) 是失業人口除以勞動人口。

○ 財務知識 check!

領先指標、同時指標與落後指標

領先指標指該指標具有領先、預測的作用,以連續三個月的升降來判斷景氣即將復甦或衰退;同時指標與經濟景氣的變動同步,大致可代表目前的狀況;落後指標計算出的結果較景氣循環點之實際狀況還要落後。

附錄

Review 解答

🔓 **第 1 章 Review 解答**

題目請見第 52 頁

Part I

（1）營業利益率：指相對於銷售額的獲利比率（2）技術輸出：以收取權利金等代價的方式，授予外國公司專利或技術知識（3）合資企業：主要指國際間聯合出資營運的聯合企業體

Part II

（1）stock capitalization（2）achieve good business results（3）acquire capital in（4）internationalization（5）high technology

Part III

（1）① first、② quarter、③ profit、④ tripled、⑤ dramatic、⑥ rise

（2）① planning、② to、③ set、④ up、⑤ double、⑥ capacity、⑦ operate

（3）① profitability、② income、③ margin、④ less、⑤ than

Part IV

（1）Soaring prices of natural gas helped lift last year's net income

（2）① profitability in fiscal 2011, thanks to cost-cutting measures、② following a net loss of JPY 490 billion recorded

（3）① it went even deeper into the red than expected、② net loss for the year that ended March 31

（4）① decided to make cars in Russia with production set to start、② Total annual sales of new cars of all the foreign-based companies

🔓 **第 2 章 Review 解答**

題目見第 88 頁

Part I

（1）生產成本：製造成本（原料成本、人工成本和製造費用），再加上在製品的數量

多寡因素而成（2）資本密集：如重化工業之類，投入資本（工廠或設備）比率較高的生產形式（3）終身雇用制：員工終生受同一企業雇用，不會被中途裁員或解雇的雇用制度（4）逾期已久的應收帳款：已過了付款期限卻還未支付的應收帳款（拖欠時間長達 90 天以上者）（5）市場滲透率：用來評估某種商品在市場上之流通程度的標準

（1）production yield（2）manufacturing know-how（3）operating rate（4）labor turnover rate（5）breach of contract / violation of contract

Part III

（1）① finished-goods、② inventory、③ billion、④ billion、⑤ reduction、
    ⑥ compared、⑦ with
（2）① revenue、② target、③ trillion、④ growth、⑤ rate、⑥ an、⑦ ROI
（3）① depreciation、② fixed、③ assets、④ resulting、⑤ in、⑥ accumulated、
    ⑦ depreciation
（4）① claim、② compensation、③ infringement、④ of、⑤ contract
（5）① research、② and、③ development、④ equivalent、⑤ profit、⑥ after、
    ⑦ tax

Part IV

（1）are to corporate customers with payment terms of 60 days credit（2）The maximum daily output of our plant is 1,200 tons（3）The vehicle lease contract is valid for two years（4）As the exchange rate of US dollar dropped by 7 percent（5）① We drastically increased the number of salespersons ② increasing our market coverage to（6）XYZ Corp. collected royalties amounting to US$ 500 million worldwide

🔓 第 3 章 Review 1 解答

Part I

（1）經常性獲利：將營業利益加上營業外損益所得的結果。（2）研發費用對銷售額

附

錄

比：將研究發展費用除以銷售額所得的結果。（3）在製品周轉率：可用淨銷售額除以在製品存貨求得，此周轉率數字越大，表示效率越高。（4）權益比率：為財務健全性指標之一，以（股東權益 ÷ 資本總額）× 100% 的公式計算而得。（5）本益比：為股價與盈餘能力之比值，亦即股價為每股盈餘的幾倍。

Part II

（1）net profit（2）inventory count（3）payment due date（4）dividend yield（5）aggregate market value

Part III

（1）① operating、② profit、③ ratio、④ nonoperating、⑤ losses、⑥ recurring、⑦ profit、⑧ ratio、⑨ deteriorated

（2）① reduce、② doubtful、③ accounts、④ receivable、⑤ additional、⑥ profit

（3）① economic、② slump、③ plant、④ capacity、⑤ utilization、⑥ come、⑦ down、⑧ usual

（4）① equity、② ratio、③ deteriorated、④ over

（5）① a、② cash、③ dividend、④ a、⑤ stock、⑥ dividend、⑦ per

（6）① takeover、② bid、③ outstanding、④ shares、⑤ at、⑥ a、⑦ price、⑧ per

Part IV

（1）plummeted to only one-fourth that of the previous year

（2）research and development expenses by 25 percent compared with last year

（3）Our annual production output per employee amounts to JPY 25 million

（4）Our current ratio deteriorated to 130 percent, which is 35 percentage points lower than last year

（5）① have an outstanding balance of JPY 3 billion ② represents 15 percent of its liabilities

🔓 第 3 章 Review 2 解答

題目請見第 184 頁

Part I

（1）透支：與銀行簽訂某種契約協定，使帳戶在存款餘額不足的情況下仍可完成付款的系統。（2）應收票據：經銀行約定保證的帳款，在債權人的會計帳上就稱為應收票

據。（3）應收帳款讓售：通知客戶有尚未支付的應收帳款後，支付應收帳款管理商一定的手續費以轉讓該應收帳款，並收取款項。（4）附認股權公司債：被賦予了認股權證（即可依預約價格、數量購入普通股之權利）的公司債，也稱為 warrant bond，縮寫 WB。（5）保留盈餘：公司從過去以來累積並保留在內部的盈餘。（6）暫時性差異：由於在會計上某年度被視為收益、費用者在稅務上卻因認知基準不同而被歸入不同年度的課稅營收、可減除費用所造成的差異。

Part II

（1）liability certificate（2）property, plant and equipment（3）bounce（4）extinguish / retire（5）deduct

Part III

（1）① short-term、② borrowings、③ account、④ a、⑤ balance、⑥ of
（2）① gross、② accounts、③ receivable、④ uncollectible
（3）① note、② discounted、③ dishonored、④ maturity、⑤ date
（4）① depreciated、② using、③ the、④ straight-line、⑤ method
（5）① redeemed、② issued、③ on
（6）① generated、② operations、③ amounted、④ to
（7）① more、② likely、③ deferred、④ tax、⑤ assets、⑥ realized

Part IV

（1）contingently liable on notes discounted in the amount of
（2）of US$ 3 par value common stock for US$ 30 per share
（3）a net loss of US$ 500,000 on our income statement for the fiscal year ended
（4）We increased equity interest in ABC Inc. to 45 percent

符合 IFRSs 規範之年度財務報表範例

台灣積體電路製造股份有限公司及子公司
合併資產負債表
民國 107 年及 106 年 12 月 31 日

資　　　　　　　產	107 年 12 月 31 日 金　　額	%	106 年 12 月 31 日 金　　額	%
流動資產				
現金及約當現金	$ 577,814,601	28	$ 553,391,696	28
透過損益按公允價值衡量之金融資產	3,504,590	-	569,751	-
透過其他綜合損益按公允價值衡量之金融資產	99,561,740	5	-	-
備供出售金融資產	-	-	93,374,153	5
持有至到期日金融資產	-	-	1,988,385	-
按攤銷後成本衡量之金融資產	14,277,615	1	-	-
避險之衍生金融資產	-	-	34,394	-
避險之金融資產	23,497	-	-	-
應收票據及帳款淨額	128,613,391	6	121,133,248	6
應收關係人款項	584,412	-	1,184,124	-
其他應收關係人款項	65,028	-	171,058	-
存貨	103,230,976	5	73,880,747	4
其他金融資產	18,597,448	1	7,253,114	-
其他流動資產	5,406,423	-	4,222,440	-
流動資產合計	951,679,721	46	857,203,110	43
非流動資產				
透過其他綜合損益按公允價值衡量之金融資產	3,910,681	-	-	-
持有至到期日金融資產	-	-	18,833,329	1
按攤銷後成本衡量之金融資產	7,528,277	-	-	-
以成本衡量之金融資產	-	-	4,874,257	-
採用權益法之投資	17,865,838	1	17,861,488	1
不動產、廠房及設備	1,072,050,279	51	1,062,542,322	53
無形資產	17,002,137	1	14,175,140	1
遞延所得稅資產	16,806,387	1	12,105,463	1
存出保證金	1,700,071	-	1,283,414	-
其他非流動資產	1,584,647	-	2,983,120	-
非流動資產合計	1,138,448,317	54	1,134,658,533	57
資　產　總　計	$ 2,090,128,038	100	$ 1,991,861,643	100

資料來源：官方網站公開資訊

（接次頁）

負　債　及　權　益	107 年 12 月 31 日 金　　額	%	106 年 12 月 31 日 金　　額	%
流動負債				
短期借款	$ 88,754,640	4	$ 63,766,850	3
透過損益按公允價值衡量之金融負債	40,825	-	26,709	-
避險之衍生金融負債	-	-	15,562	-
避險之金融負債	155,832	-	-	-
應收帳款	32,980,933	2	28,412,807	1
應收關係人款項	1,376,499	-	1,656,356	-
應付薪資及獎金	14,471,372	1	14,254,871	1
應付員工酬勞及董監酬勞	23,981,154	1	23,419,135	1
應付工程及設備款	43,133,659	2	55,723,774	3
本期所得稅負債	38,987,053	2	33,479,311	2
負債準備	-	-	13,961,787	1
一年內到期長期負債	34,900,000	2	58,401,122	3
應付費用及其他流動負債	61,760,619	3	65,588,396	3
流動負債合計	340,542,586	17	358,706,680	18
非流動負債				
應付公司債	56,900,000	3	91,800,000	5
遞延所得稅負債	233,284	-	302,205	-
淨確定福利負債	9,651,405	-	8,850,704	1
存入保證金	3,353,378	-	7,586,790	-
其他非流動負債	1,950,989	-	1,855,621	-
非流動負債合計	72,089,056	3	110,395,320	6
負債合計	412,631,642	20	469,102,000	24
歸屬於母公司業主之權益				
股本				
普通股股本	259,303,805	12	259,303,805	13
資本公積	56,315,932	3	56,309,536	3
保留盈餘				
法定盈餘公積	276,033,811	13	241,722,663	12
特別盈餘公積	26,907,527	1		
未分配盈餘	1,073,706,503	52	991,639,347	49
保留盈餘合計	1,376,647,841	66	1,233,362,010	61
其他權益	(15,449,913)(	1)(	26,917,818)(	1)
母公司業主權益合計	1,676,817,665	80	1,522,057,533	76
非控制權益	678,731	-	702,110	-
權益合計	1,677,496,396	80	1,522,759,643	76
負　債　及　權　益　總　計	$ 2,090,128,038	100	$ 1,991,861,643	100

董事長：劉德音　　　　　　經理人：魏哲家、何麗梅　　　　　　會計主管：周露露

台灣積體電路製造股份有限公司及子公司

合併綜合損益表

民國 107 年 1 月 1 日至 12 月 31 日

	金 額	%
營業收入淨額	$ 1,031,473,557	100
營業成本	533,487,516	52
調整前營業毛利	497,986,041	48
與關聯企業間之未實現利益	(111,788)	-
營業毛利	497,874,253	48
營業費用		
研究發展費用	85,895,569	8
管理費用	20,265,883	2
行銷費用	5,987,828	1
合　　計	112,149,280	11
其他營業收益及費損淨額	(2,101,449)	-
營業淨利	383,623,524	37
營業外收入及支出		
採用權益法認列之關聯企業損益份額	3,057,781	-
其他收入	14,852,814	2
外幣兌換淨益	2,438,171	-
財務成本	(3,051,223)	-
其他利益及損失淨額	(3,410,804)	-
合　　計	13,886,739	2

資料來源：官方網站公開資訊

（接次頁）

	金	額	%
稅前淨利		397,510,263	39
所得稅費用		46,325,857	5
本年度淨利		351,184,406	34
其他綜合損益			
不重分類至損益之項目：			
確定福利計畫之再衡量數	($	861,162)	-
透過其他綜合損益按公允價值衡量之權益工具投資未實現評價損益	(	3,309,089)	-
避險工具之損益		40,975	
採用權益法認列之關聯企業之其他綜合損益份額	(	14,217)	
與不重分類之項目相關之所得稅利益		195,729	-
	(	3,947,764)	-
後續可能重分類至損益之項目：			
國外營運機構財務報表換算之兌換差額		14,562,386	1
備供出售金融資產公允價值變動		-	
現金流量避險		-	
透過其他綜合損益按公允價值衡量之債務工具投資未實現評價損益	(	870,906)	
採用權益法認列之關聯企業之其他綜合損益份額		93,260	-
與可能重分類之項目相關之所得稅費用			
		13,784,740	1
本年度其他綜合損益（稅後淨額）		9,836,976	1
本年度綜合損益總額	$	361,021,382	35
淨利歸屬予			
母公司業主	$	351,130,884	34
非控制權益		53,522	-
	$	351,184,406	34
綜合損益總額歸屬予			
母公司業主	$	360,965,015	35
非控制權益		56,367	-
	$	361,021,382	35
每股盈餘			
基本每股盈餘	$	13.54	
稀釋每股盈餘	$	13.54	

董事長：劉德音　　　　　經理人：魏哲家、何麗梅　　　　　會計主管：周露露

附錄

209

台灣積體電路製造股份有限公司及子公司
合併權益變動表
民國 107 年 1 月 1 日至 12 月 31 日

	歸屬於母公司業主之權益						
	普通股股本 發行股數(千股)	金額	資本公積	法定盈餘公積	特別盈餘公積	未分配盈餘	保留盈餘合計
107 年 1 月 1 日餘額	25,930,380	$ 259,303,805	$ 59,309,536	$ 241,722,663	$ -	$ 993,195,668	$ 1,234,918,331
盈餘分配							
法定盈餘公積	-	-	-	34,311,148	-	(34,311,148)	-
特別盈餘公積	-	-	-	-	26,907,527	(26,907,527)	-
現金股利－每股 8 元	-	-	-	-	-	(207,443,044)	(207,443,044)
盈餘分配合計	-	-	-	34,311,148	26,907,527	(268,661,719)	(207,443,044)
107 年度淨利	-	-	-	-	-	351,130,884	351,130,884
107 年度稅後其他綜合損益	-	-	-	-	-	765,274	765,274
107 年度綜合損益總額	-	-	-	-	-	350,365,610	350,365,610
處分透過其他綜合損益按公允價值衡量之權益工具投資	-	-	-	-	-	(1,193,056)	(1,193,056)
採用權益法認列之關聯企業股權淨值之變動數	-	-	(6,420)	-	-	-	-
認列對子公司所有權益變動數	-	-	2,681	-	-	-	-
因受領贈與產生者	-	-	10,135	-	-	-	-
非控制權益減少	-	-	-	-	-	-	-
107 年 12 月 31 日餘額	25,930,380	$ 259,303,805	$ 56,315,932	$ 276,033,811	$ 26,907,527	$ 1,073,706,503	$ 1,376,647,841

資料來源：官方網站公開資訊

（接次頁）

項目	歸屬於母公司業主之權益							非控制權益	權益總計
	其他					其他權益合計	母公司業主權益合計		
	國外營運機構財務報表換算之兌換差額	備供出售金融資產未實現損益	透過其他綜合損益按公允價值衡量之金融資產評價損益	現金流量避險損益	員工未賺得酬勞				
107 年 1 月 1 日餘額	$(26,697,680)	-	(524,915)	4,226	(10,290)	(27,228,659)	1,523,303,013	702,452	1,524,005,465
盈餘分配									
法定盈餘公積	-	-	-	-	-	-	-	-	-
特別盈餘公積	-	-	-	-	-	-	-	-	-
現金股利－每股 8 元	-	-	-	-	-	-	(207,443,044)	-	(207,443,044)
盈餘分配合計	-	-	-	-	-	-	(207,443,044)	-	(207,443,044)
107 年度淨利							351,130,884	53,522	351,184,406
107 年度稅後其他綜合損益	14,655,333		(4,097,465)	41,537		10,599,405	9,834,131	2,845	9,836,976
107 年度綜合損益總額	14,655,333		(4,097,465)	41,537		10,599,405	360,965,015	56,367	361,021,382
處分透過其他綜合損益按公允價值衡量之權益工具損益			1,193,056			1,193,056			
避險工具損益基礎調整				(22,162)		(22,162)	(22,162)		(22,162)
採用權益法認列之關聯企業股權淨值之變動數					8,447	8,447	2,027		2,027
認列對子公司所有權權益變動數							2,681	(2,681)	-
固定領股贈與受生者							10,135	6	10,141
非控制權益減少								(77,413)	(77,413)
107 年 12 月 31 日餘額	($12,042,347)	$ -	($3,429,324)	$23,601	($1,843)	($15,449,913)	$1,676,817,665	$678,731	$1,677,496,396

董事長：劉德音　　經理人：魏哲家　何德梅　　會計主管：周靜露

合併現金流量表

民國 107 年 1 月 1 日至 12 月 31 日

	金　　額
營業活動之現金流量：	
稅前淨利	$　397,510,263
調整項目：	
收益費損項目	
折舊費用	288,124,897
攤銷費用	4,421,405
預期信用迴轉利益－債務工具投資	（　　　　2,383　）
財務成本	3,051,223
採用權益法認列之關聯企業損益份額	（　　3,057,781　）
利息收入	（　14,694,456　）
處分及報廢不動產、廠房及設備淨損	1,005,644
處分無形資產淨益	（　　　　　436　）
不動產、廠房及設備減損損失	423,468
無形資產減損損失	－
金融資產減損損失	－
透過損益按公允價值衡量之金融工具淨損失	358,156
處分透過其他綜合損益按公允價值衡量之債務	
工具投資淨損失	989,138
處分備供出售金融資產淨益	－
處分以成本衡量之金融資產淨益	－
處分子公司利益	－
與關聯企業間之未實現利益	111,788
外幣兌換淨損（益）	2,916,659
股利收入	（　　　158,358　）
公允價值避險之淨損	2,386
與營業活動相關之資產／負債淨變動數	
透過損益按公允價值衡量之金融工具	480,109
應收票據及帳款淨額	（　13,271,268　）
應收關係人款項	599,712
其他應收關係人款項	106,030

資料來源：官方網站公開資訊

（接次頁）

單位：新台幣仟元

	金　　額
存貨	($ 29,369,975)
其他金融資產	(4,601,295)
其他流動資產	(513,051)
其他非流動資產	152,555
應收帳款	4,540,583
應收關係人帳款	(279,857)
應付薪資及獎金	216,501
應付員工酬勞及董監酬勞	562,019
應付費用及其他流動負債	(20,226,384)
負債準備	-
淨確定福利負債	(60,461)
營運產生之現金	619,336,831
支付所得稅	(45,382,523)
營業活動之淨現金流入	573,954,308

投資活動之現金流量：

取得透過損益按公允價值衡量之債務工具	(310,478)
取得透過其他綜合損益按公允價值衡量之金融資產	(96,412,786)
取得備供出售金融資產	-
取得持有至到期日金融資產	-
取得按攤銷後成本衡量之金融資產	(2,294,098)
取得以成本衡量之金融資產	-
處分透過損益按公允價值衡量之債務工具價款	487,216
處分透過其他綜合損益按公允價值衡量之金融資產價款	86,639,322
處分備供出售金融資產價款	-
持有至到期日金融資產領回	-
按攤銷後成本衡量之金融資產領回	2,032,442
處分以成本衡量之金融資產價款	-
透過其他綜合損益按公允價值衡量之權益工具投資成本收回	127,878
以成本衡量金融資產成本收回	-
除列避險之衍生金融工具	-
除列避險之金融工具	250,538

（接次頁）

附錄

	金　　額
收取之利息	$ 14,660,388
收取政府補助款－不動產、廠房及設備	-
收取政府補助款－土地使用權及其他	-
收取其他股利	158,358
收取採用權益法投資之股利	3,262,910
處分子公司之現金流出	-
取得不動產、廠房及設備	(315,581,881)
取得無形資產	(7,100,306)
處分不動產、廠房及設備價款	181,450
處分無形資產價款	492
存出保證金增加	(2,227,541)
存出保證金減少	1,857,188
取得土地使用權	-
投資活動之淨現金流出	(314,268,908)
籌資活動之現金流量：	
短期借款增加	23,922,975
償還公司債	(58,024,900)
償還長期銀行借款	-
支付利息	(3,233,331)
收取存入保證金	1,668,887
存入保證金返還	(1,948,106)
支付現金股利	(207,443,044)
因受領贈與產生者	10,141
非控制權益減少	(77,413)
籌資活動之淨現金流出	(245,124,791)
匯率變動對現金及約當現金之影響	9,862,296
現金及約當現金淨增加數	24,422,905
年初現金及約當現金餘額	553,391,696
年底現金及約當現金餘額	$ 577,814,601

董事長：劉德音　　　　　經理人：魏哲家、何麗梅　　　　　會計主管：周露露

214

索引 English Keyword Index

附
錄

附
錄

國家圖書館出版品預行編目資料

財務英文 / 小林薰, 伊藤達夫, 山本貴啓作； 陳亦苓, 戴至中翻譯.
-- 二版. -- 臺北市：波斯納,
2019. 10
面：　公分
ISBN: 978-986-97684-8-1（平裝）
1. 商業英文　2.讀本

805.18　　　　　　　　　　　　　　　　108013240

財務英文【增篇加值版】

作　　者／小林薰、伊藤達夫、山本貴啓
譯　　者／陳亦苓、戴至中
執行編輯／游玉旻

出　　版／波斯納出版有限公司
地　　址／台北市 100 中正區館前路 26 號 6 樓
電　　話／(02) 2314-2525
傳　　真／(02) 2312-3535
客服專線／(02) 2314-3535
客服信箱／btservice@betamedia.com.tw
郵　　撥／19493777 波斯納出版有限公司

總 經 銷／時報文化出版企業股份有限公司
地　　址／桃園市龜山區萬壽路二段 351 號
電　　話／(02) 2306-6842

出版日期／2019 年 10 月二版一刷
定　　價／320 元
I S B N／978-986-97684-8-1

貝塔網址：www.betamedia.com.tw

KAITEISHINPAN KAISHA NO SUUJI EIGOHYOGEN KANZEN MASTER
Copyright © Kaoru Kobayashi, Tatsuo Ito, Takahiro Yamamoto All rights reserved.
Original Japanese edition published in Japan by ASK PUBLISHING CO., LTD.
Chinese (in complex character) translation rights arranged with ASK PUBLISHING
CO., LTD., through KEIO CULTURAL ENTERPRISE CO., LTD.

喚醒你的英文語感 !

折後釘好，直接寄回即可！

貝塔語言出版
Beta Multimedia Publishing

讀者服務專線（02）2314-3535　　讀者服務傳真（02）2312-3
客戶服務信箱 btservice@betamedia.com.tw

www.betamedia.com.tw

謝謝您購買本書！！

貝塔語言擁有最優良之英文學習書籍，為提供您最佳的英語學習資訊，您可填妥此表後寄回（免貼郵票）將可不定期收到本公司最新發行書訊及活動訊息！

姓名：＿＿＿＿＿＿＿＿＿＿＿ 性別：□男 □女 生日：＿＿＿年＿＿月＿＿日

電話：(公)＿＿＿＿＿＿＿＿＿(宅)＿＿＿＿＿＿＿＿＿(手機)＿＿＿＿＿＿＿＿＿

電子信箱：＿＿＿＿＿＿＿＿＿＿＿＿＿＿＿＿＿＿＿＿

學歷：□高中職含以下 □專科 □大學 □研究所含以上

職業：□金融 □服務 □傳播 □製造 □資訊 □軍公教 □出版

　　　□自由 □教育 □學生 □其他

職級：□企業負責人 □高階主管 □中階主管 □職員 □專業人士

1. 您購買的書籍是？＿＿＿＿＿＿＿＿＿＿＿＿＿＿＿＿＿

2. 您從何處得知本產品？(可複選)

　　　□書店 □網路 □書展 □校園活動 □廣告信函 □他人推薦 □新聞報導 □其他

3. 您覺得本產品價格：

　　　□偏高 □合理 □偏低

4. 請問目前您每週花了多少時間學英語？

　　　□ 不到十分鐘 □ 十分鐘以上，但不到半小時 □ 半小時以上，但不到一小時

　　　□ 一小時以上，但不到兩小時 □ 兩個小時以上 □ 不一定

5. 通常在選擇語言學習書時，哪些因素是您會考慮的？

　　　□ 封面 □ 內容、實用性 □ 品牌 □ 媒體、朋友推薦 □ 價格 □ 其他＿＿＿＿＿

6. 市面上您最需要的語言書種類為？

　　　□ 聽力 □ 閱讀 □ 文法 □ 口說 □ 寫作 □ 其他＿＿＿＿＿＿

7. 通常您會透過何種方式選購語言學習書籍？

　　　□ 書店門市 □ 網路書店 □ 郵購 □ 直接找出版社 □ 學校或公司團購

　　　□ 其他＿＿＿＿＿＿＿

8. 給我們的建議：＿＿＿＿＿＿＿＿＿＿＿＿＿＿＿＿＿＿＿＿＿＿＿＿＿

＿＿＿＿＿＿＿＿＿＿＿＿＿＿＿＿＿＿＿＿＿＿＿＿＿＿＿＿＿＿＿＿

喚醒你的英文語感！

Get a Feel for English !

喚醒你的英文語感！

Get a Feel for English !